JN060182

夢語

ゆめがたり

上宿　歩

KAMIJIKU Ayumu

文芸社

夢語◇目次

第一幕　慈愛（よしあき）

車窓から望む小さな空。矢継ぎ早に眼前を過ぎ去っては迫り来て、又、流れ行く高層建築物群。

是ら場景を毎日、通勤者、通学者で鮨詰めと成った列車の中、人いきれに思考が停止した儘、吊り革へ重い軀をぶら下げ、車両に揺られ乍ら漠然と見送り続ける毎朝、毎夕。

けれど今朝は、全く違う環境へ其の軀を置いて居た、と或る青年。

——ガタンゴトン、ガタンゴトン。

鉄橋を亙り行く列車。線路の繋ぎ目を踏みしだき乍ら勇ましく回り続ける車輪の音が、どうしてだか心地好い調子で響き、川辺へ亙る。

春の陽気に裹まれた朗らかな蒼穹の下、余りの爽快さについうっかり、就職祝いで新調した三つ揃い姿其の儘、堤の原へ大の字に、朝陽を眇視する。

「ハァ〜、あれから三年、か……」

嘆息交じりに追思なぞを呟いてみた。

家から最寄り駅迄、徒歩十分の通い路。其の途上に流れる川。幼少の頃より馴染み深い川原。何時もの見慣れた変哲も無い河川敷公園の筈なのに、今日は全く異なって見えるのだ。まるで、見ず知らずの場所へでも来て居るかの様な錯覚さえ憶える程に。

「此の位の時間って……閑か、なんだな」

意外にも、と云った風な表情が垣間見えたのを、雲雀（ひばり）が賑々しく囀（さえず）り踊り上がりつつ俯瞰する。

寝転んだ儘、顔を傾げたなら、蒲公英（たんぽぽ）の黄色い花が清明の節気を満喫し乍らに戦（そよ）ぐのを鼻先へ捉える。すると其処へ、白地に黒い水玉鏤（ちりば）めた蝶がふわりと舞い降り、はらりと留（とま）る。

そんな細（ささ）やかでたわい無い情景を、若者はぼんやりと見遣る。

何時もと同じ慌ただしい朝に違い無い筈なのに、どうして是程にも言い知れぬ何かを嚙み締めるかの如き心持ちで居るのだろう。斯（こ）うして、野に咲く名も知らぬ花や、快活に動き回り飛び交う蟲（むし）へ目を奪われたは、何時以来の事だったか。と、活気に満ち溢れる原っぱで、仰向けの儘、春の青空を見霽（みは）るかす。

平生で有れば、つい先程、鉄橋を声高らかに走り去って行った電車へ乗り、出勤し、日がな一日黙々と仕事を熟（こな）し続け、陽もとっぷり暮れた群青の空の下、疲れ果てた軀を引き摺り乍ら家路に就く……だろう筈で有る始まりの此の朝、現在（いま）、此処（ここ）、堤（どて）にて御日様へ臍（へそ）を向け、寝そべり、惚（ほう）けて居る。

定刻通りの、何時も通りに人々が犇（ひし）めく車両の勇壮たる走行。其の過ぎ行く勇姿を悠々と見送った自身へ感じる違和感に囚われるも、其の心中は確実に攫（つか）んで居た。

今朝、玄関を出て、堤防へふらりと寄り、芝にしゃがみ、丸三年勤めた会社へ嘘の病欠連絡を入れた。初めてと成る有給休暇、しかも、仮病に因（よ）る初の欠勤。

だからこそ、今日と云う日は、何も彼もが〝特別〟なので有ろう。

時計の針に急かされる毎日が続く余り、気に留めなく成った日常風景。何時しか、全く気付こうともしなく成って終っていた、大自然の事象。

噫乎――。

（刻は、こんなにも、ゆったり、動いていたなんて……）

あらゆる事柄が新鮮さに溢れ、優等生の心裏を魅了する。嘘をついた後ろ暗さ等、疾うに何処ぞへ吹き飛んで終い、新たに押し寄せて来るは、語り尽くせぬ昂揚感。其の胸、雀躍の如し。高鳴る鼓動を落ち着かせようと深呼吸した次の瞬間。大きな大きな、太陽さえも吸い込んで終いそうな程の途轍も無い大欠伸を一つ、して見せたのだった。

そこはかとなく恥じらい抱き、思わず知らずに、涙目の儘、一瞥投げた歪む天空の向こう、朝陽がはにかみ秘める為、薄く白い棚雲纏い、戯けて見せた。

遠望したる其の光景哉、連峰、鮮やかな藍色彩り、龍の背の如き聳え在った。

犬の散歩に見知った者同士との散策。黄色帽と色取り取りのランドセル達が行進。そんなざわめき潜り抜け、きゃっきゃっと三つの黄色い声。

「ねェねェ、あの男ッ。寝そべったまんまニヤニヤし乍らぶつぶつ……何かァ、ヤバくない⁉」

「うわッ！　マジきもいしッ。あれ、あれじゃネ？　〝ヘンシツ者〟予備生ってヤツ」

「ちょっと、やだぁ〜二人ともぉ〜。怖い事言わないでよォ〜」

女子高生と思しきたわい無い御喋り。そうして足早にそそくさと遠退いて行く何処か軽やかさ滲ませた足音。堤防の側道を往き来する自動車に自転車、歩行者。是らのざわめきを余所に、柔らかな陽射し浴び乍ら寝転がった儘の三つ揃い姿が哀切さを極め、やけに彼の肺腑を締め付ける。

是迄、身過ぎ世過ぎに忙しない月日を送って来たが、どうしてこんな生き方を選んだのか。そして、此の人生は一体、誰のもので在ったか。今、斯うして大地へ仰臥し、〝生きて居る〟事を実感し、満喫している現在（いま）の自分が、此の気持ちこそが、生きる慶（よろこ）びと呼ぶに相応（ふさわ）しいのではないのか。今日迄の自身が信じて来たものは何だったのか、とも、若者は思った。

「……何で、突然こんな事……唐突に……」

との自問たる呟きへ、若（も）しかしたら、自分の考え描いた言葉が、自身の心へ直接、響いただけなのかも知れ無い、なんて自答してみたり。

こんな穏やかな青天の下、芝が一面に萌（も）え、春の暖かな風に戦ぐ堤（どて）の原で、猫も羨む日光浴に、のんびり刻を費やし乍ら綿雲なんぞを意味も無く数え耽って居ると、彼は次第に意識がぼんやりして来るのを憶え始める。

「ふわぁぁぁ……」

次いで、眠気が追っ掛けて来た。

どうにもだらしの無い顔を臆面も無く曝け出し、又もや大欠伸。

是には遉の御天道様も呆れ果てたに違いないだろう……と、そんな取り留めも無い事を頭の中へ浮かべたりして、

「ふふっ」

と、一笑。

眠気ざす目を擦りつつ、改めて見亙した所で、何時もの川岸だと云うにも拘らず、なぜだかどうにも全く別の河川敷に見えて終う。

「さっきから……是の正体は一体……？」

省みるなんて気取った事なんかするから、と揶揄ってはみたものの。

（まあ、何れにしても、初めてかもな……。こんなにものんびりしちゃってさ）

今迄に無い此の落ち着き、そして、嘗て無かった充実感に心身が優しく裹まれて行く中、徐ら嘆息をつく。

「はァァ〜、長閑だな……。くくくっ、ふふっ」

えも言われぬ幸福軀に沁みてかどうか、気付かぬ儘で破顔して居た。其の理由を辿り歩いたならば、思い当たる節見付けたり、と許りに膝を打つ。

「ははっ。だから……」

思い出し笑いを、と。

大学卒業後、現職場の広報部へ配属。偶然此の年、新事業へ向け特別編成が行われ、上司、先輩に伴い、好い機会と有って研修も兼ね、是へ参加。で以て、此の時、企画部から加わって居た一人の女性。青年に取って、現在では掛け替えの無い女性との、是が馴れ初め。

以後、敢えて言うので有れば、劇的な会話を交わす機会が運命的に何度も訪れ、偶然も又必然也とは言い得て妙。斯くして、二人で食事にでも、と相成りまして候。

然うして、忘れもし無いあの日、そう丁度、今日の様に穏やかな青空の日曜日。初めての、二人きりの時間を過ごした昼下がり。其の刻の彼女の、てきぱきとした日頃の言葉遣いとは違い、おっとりした話し方に、彼は意外さと同時に魅力を感じ、そして陽気の好さ、御負けに名前が〝麗らか〟と来たらばもう……。そんな子供染みた考えが心裏を過りつつも、目の前に坐る女性へ恋慕を募らせ乍ら、其の睛へと吸い込まれそうな程に吸い寄せられ、引き込まれ、見蕩れた儘で、

「あ、あのさっ。〝のどか〟さんの趣味は……？」

「……んんっ⁉」

口を衝いて出た寝言の如く科白に、あっと思い、我に返ったが時既に遅し。目をパチクリさせ互いの顔を見合わした儘、暫し、絶句。

本名『生方麗』の蛾眉と切れ長の目、小鼻は控え目、薄く調和った、噫乎、丹花の唇、其々を左右対称、面に載せた知的な顔立ちがちょっぴり訝しむ表情を仄かに漂わせ、件の若者事『添上慈愛』の双つの瞳を、木漏れ陽の様に優しい穏やかな眼差し以て、覗き込んだ。

其の次の一瞬間のちの事。二人は夢見心地から俄に醒めたものか、等しくして、はにかみ露に破顔一笑。和やかな雰囲気が裹み籠んだ此の刻、此の日。斯うして、彼だけの彼女への呼び名は果して決まった。

〝のどか〟

そんな、仄々とした、日曜日の昼下がりに起きた出来事だった――。


「あの時、『何其れっ?』とか、『誰、其れっ⁉』何て聞き返す事無く、怒りもせず。寧ろ、嬉しそうに唯、笑い乍ら俺を見て……まるで……」

自身の頭の中での戯れ事を見透かし、しかも享受するかの様だった……と追懐に耽る。

「あん時の笑顔、今と変わらず……眩しかったなぁ～」

大抵の場合なら大失態に成ろう筈で有る発言。恋心い女を前に、別の女性らしき名と感じられても仕方が無い言葉を口にしたので有るから。

ところが、此の二人に限り、事は逆しまへと働き、縁の結び付きを殊の外、強堅なものとしたのだった。

「最近じゃ、すっかり板に付いたと云うか、馴染んで……本名みたいで、麗(のどか)の奴、戯けて見せてるんだか知らないけど、『なぁに』なんて普通に返して来るもんなぁ～にゃははは……」

なぞと、彼女の窈窕たる物腰を思い返しては、熟(つくづく)、惚れているのだと実感しつつ、にやけるのだった。

　父親は彼女の幼少時に他界。現在は、歩行に少々難儀の有る母親と二人暮らしをして居る。三階建て集合住宅の最上階の、階段から一番遠い一室を借りているのだが、慈愛は其処へ赴く度に、嘸(さぞ)かし上り下りはつらいだろうと、不憫に感じてならなかった。

　台所と三部屋の住まいへ御邪魔する其の都度、母親は気さくに話し掛けて呉れ、其の笑顔がのどかにそっくりで。いや、彼女が母親に似ているのか。そして、父親の遺影を拝んだ時も、

(噫乎、切れ長は、父親譲りか……中々の端整で凛々(りり)しい顔立ちだな)

　なぞと、つくづく。嘆息をついたものだ。

　さて、彼女の部屋と云えば、何と、本が、大量の本が。本だけが、占めて居た。

「押し入れにも……エヘッ」

　等と言って、舌をちろりと出す。

(何て数なんだ!!)

と圧倒され、どぎまぎした儘、立ち尽くし、だらしない顔を曝す慈愛へ、にこにこし乍ら、

「ほらっ、狭くて本棚、置けなくて……」

と照れ隠し。片付けられない事を仄めかす。
詰り、母親譲りの雅量を具えた読書家なので有る。

そんなこんなの想い出を、未だ雲雀が上下に舞い、引っ切り無しに囃す其の姿を呑気にも仰向いた儘、堤で眺望し、仮病人は回想に耽り続けて居た。

蒼天の高層に、閃く一点、靄然と飛行機雲を従え、霞み行くを見送る。そんな折、ふと、
「でも何で、此の間会った日、あんな、へんてこな事、聞いて来たんだろう?」

幾ら考え様とも、今一つ合点がいかない、と云った顔付き。

此の三年間、皆勤した会社を今日、狡を遣って休み、何時もと異なる場景を目にした。其の事に因ってかどうか、心境の変化が生じての事なのか、妙に是迄の彼是を振り返ると云う行為への違和感に就いて、場違いかどうか、仄々とした陽気の中、堤の広場にて、朝陽をたっぷりと浴び乍ら考え込む。ほんの先日の、日曜の事を思い返す。

そう、此の個人的回顧録の、奇異な動機を。

『夢』。想念を描き見るだけのもの。現実とは一線を画する事柄。いや、他人(ひと)は言う、「現在(いま)、斯うした此の瞬間も、見て居るじゃないか、欲望(ゆめ)を」と。人々は、貨幣さえ有れば、其れさえ有れば存在(いき)て行けると、本気で考えているのだろうか。発展、便利。是らは全体、誰の為の、そして、何モノなのか。極みは、総中流成るモノ。悉くが『中』へ成り果てた時、既にして、上も下も無いと言うに。

現代人は何も見ていない事にさえ気が付いてはいない。いや、若しや、然に非ず。本当は、空惚(そらとぼ)け、夥しい数々の懸案をも蔑(ないがし)ろの儘、何喰わぬ顔で今日迄、過ごして来たのやも知れ無い。然(しか)し其の、期待、春夢、と云った希求(ゆめ)とは異なるもう一つの心象。そう、其れは、麗しき残夢。

其れはまさしく、両の目を瞠(しか)と見開いて、眼前の光景を其の目で確かに見ている現実の其れと然程にも変わる事無く、いや、寧ろ、時として鮮やか過ぎる迄に、此の瞳へ楚然として映り籠める。

だが不可思議にも、其の見えている内容はと云えば、是が実に滑稽で、脈絡に欠けているもの許(ばか)り。

此の複雑怪奇な中身の起因は大抵の場合、其れ迄に見聞して来た、事実・場景・情景に対し、印象や感銘を受けた事柄、と云った具合で有ろう。又、映画や小説の一場面が紛れ込む、と云った例も多分に有るのではないか。

然し、真に注視すべき点は〝睡(ねむ)って居る〟と云う事実。目を閉じ、猶且つ無意識状態で在る筈、にも拘らず、まさしく其の瞬間も、自身が、己が其の双眼以て、目睫(もくしょう)に広がる光景を眺める、或いは見亙す気分に成る、と云った此の奇妙で珍妙な実状、此処こそなのではないか。

是は全体、どうした事なのか、どう云った事が起きたのか。そして、どの様に説明したものか。抑(そもそも)、此の形容し難き現象をどう捉えれば良いものなのか。果して、表現出来るもので在ったろうか。

『夢を見る』と云った未知の世界の事を、幾ら頭を捻ろうと、いや、考える程に益々解らなく成って行く。眠って居るのに、目を瞑って居る筈なのに、なぜ目に映り見えるのだろうか。しかも、色調鮮やかで有ったり、黒と白、単彩と種々(くさぐさ)。是ら映像は実際に見ているのだが、当の本人はと云えば、恐らく大抵は安寧の世界にてすやすや寝息を立て、赤児(あかご)の如く睡って居るで有ろう正に其の瞬間も、瞳は見ているのだ。時として、自身の後ろ影迄をも映す。此処でも又、其の見えて在るものがどうして自身の背中なのだと解ると云った此の事も、不可思議此の上無し、なのだが。

「慈君が私の事、『の・ど・か』って呼んだのって、初めての、二人きりでの食事をした日、だったよねっ」

　眥に悪戯の灯宿らせ、話し継ぐ。

「初めは、聞き違いかな⁉　って。でも直ぐに、愛称かな、って。待ち合わせ場所で、『あっ、生方さぁん』なぁんて呼んだのが最初で最後。……一度きり、だったよね～」

　と、意味深長な言い回しで、あの時と同じ様に瞳の奥を、双つの睛が覗き込む。いや、そうでは無く、いじけた振りなのか、それとも本当に拗ねたのか。けれど何処か揶揄って面白がっている風にも見て取れる。そんな、月精の如く容色冴える彼女が、湯気の立つ珈琲を一口、口にする。其の一挙手一投足に見惚れ、夢心地の片付か無い儘に、

「いや、だけど、其れは……ほらっ、あれだっ、もう随分に成るからさっ。……今更、さぁ～。……ねっ」

　なぞと、全く以て締まりが無い内容の受け答えを、はにかみ乍らするのだった。麗は、そんな風に照れつつも熱い珈琲を啜る慈愛を見詰め、嫣然として二口目へと其の唇を運んだ。

　そう、是はつい先日の休日、喫茶店での睦まじく麗しい恋人同士が昼下がり。

「あっ！　ねェねェ、ところで、ゆ・め、って、何だと思う？」

　突然、と云った面持ちで気後れする。

「えっ⁉　ゆ、ゆめっ⁉　なっ、何だよ、藪から棒に……」

「良いからぁ、答えてみてよ」

と言下の催促へ、

「うぅ～ん……そうだな、金満家に成って日本庭園の在る豪邸に住むとか。それから……そうだっ！　一山当てて外遊暮らしって云うのも好いなぁッ。あとは──」

麗は二の句を遮り、質問の主旨を改めて話し始める。

「違うわよぉ～う、そうじゃなくてっ。慈君が言ってる其れは、希望だとか願望の事でしょう……それに、何だか下世話よ。そうじゃなくて、睡った時に見る、ゆ・め、よう。目を閉じた儘で居るのに、眼に見えてくる、無意識の中での『夢』の事よ～、もぉうっ」

と、其の薄めの整った唇を尖らかし、剥れて見せたりする。

「あ～あ、其のゆめ、ね」

なぞと、素っ気無く答えたならば即座に、「何よ其の言い種は」と云った風に膨らかせた儘の頬を更に大きくして剥れた振りをし、戯ける。

そんな彼女をはぐらかそうと。然も、他人事の様に。

「……う～ん、考えた事無いなぁ～……あ、ケーキでも頼む？」

なんて嘯くのを尻目に詰め寄る。

「今っ、考えてみてっ」

（いっ、今ぁっ⁉　って……おいおい……）

そう過ったが先か、口を付けた許りの珈琲が途端に渋く成り、やけに喉へ引っ掛かる。

まるで、大嫌いな先輩から余分な仕事を頼まれ、断り切れず、残業を余儀無くされた状況と成った時の、そんな心境の様な妙ちくりんな気分丸解りのぎょっとした顔付きの彼なぞ余所に、当の麗しき姫君と来たら、なぜだか迚(とて)も嬉しそうに頬笑み浮かべつつ、一体何を答えて呉れるのかしらと云った風に、珈琲へ向け、頑是無い様子で吐息を吹き掛け乍ら、期待にときめき煌めいた睛を上目遣いに俟(ま)って居る。

其の眼差しより察するに、洋卓(テーブル)の下では、きっと鞦韆(ブランコ)宛(さなが)ら、麗の足が左右交互、前後へと揺れ動いて在るに違い無い。

そんな映像を瞼(まぶた)へ映写したらば、慈愛は何だか振り子に因る催眠術に懸かって終った風な心地に成って行き、どう見ても、しどろもどろの微酔(ほろよ)い機嫌。

「う～ん？　……なんだろう……『夢』……かぁ～」


（そう云えば、あの時、何て答えたんだっけかなぁ……）

不意に此処で、記憶が曖昧に成って終う。

（まさか、本当に催眠術に……？）

そんな訳、有る筈も無いと頭(かぶり)を振り乍ら、改めて思い返す。

「ねェ、夢って……何だか、瞼の裏側へ、映写機で以て頭の中を投影してるみたいよねぇ」

だなんて、貴婦人も顔負けの洒落た科白を口にする、愛しの淑女の俤を心裏に浮かべ逆上せ、又も口元を綻ばせた。

仮病人が相も変わらず、河川敷の原っぱへ寝そべり、にやついた面をだらし無く曝して居る事に漸く気付き始めた其の時、

「あっ！」

と、卒然にして、気息が零れた。

「そうだ。俺が些とも答えないから……」

彼女は痺れを切らして――。


「ねぇ～、まだ考えてるのぉ？」

少しだけ苛立ちを滲ませ、不満そうな口付きを幽かに見せるも、まあ其れは一先ず措くとして、と云った風な声音が軽やかに弾む。

「それじゃあ、次ねっ」

そんな彼女の、謂わば夜曲を奏でるが如く声色を、夢見心地で聴いて居たのも束の間。矢庭に明澄な声調で流れる科白が鮮やかに蘇り、彼の脳裏へ冴え亙った其の瞬間。

（いいっ⁉）

まだ有るのか、と心の底では怯臆し、何が飛び出すのやらと恟々として身構える。

「ねぇ、是を機に、本っ、又読み始めてみない？　うふっ……ねぇ～」

「何で笑ってんの？　って言うか、な・ん・で、頬笑むっ。おぉ～、気持ち悪っ。なんてね。なははは……」

そう来たか、と戯けて見せ、慈愛が揶揄い交じりに話を逸らそうとしたその言葉尻を捕らえ、麗は一睨み。やや剥れるも、話し継ぐ。

「んもうっ。折角少しずつ読んでたのにぃっ。其れを台無しにして終わない為にも、ねェ」

玻璃玉(ビーだま)の様な睛を爛々と煌めかせ、のめる風にして彼に顔を近付け切願するのだった。そして更に話は続く。

「抵抗有るかも知れ無いけど、古典や漢文の類いなんて云うのはね、最初の内は意味なんか解らなくてもぉ、兎(と)に角(かく)ぅ、何度でも繰り返し読み返しする事が何よりも先ずっ、大切なのねっ。それでね――」

卒爾(そつじ)、彼女の清らかな声が消えた。其の途端、自身の意識が外へ向いている事に気付く。

（はあ……、都合が悪い話題から遁(のが)れ様とする俺の此の性根と来たら……全くッ……！）

喫茶店の硝子(ガラス)越しに映る街の雑踏が此の刻、恐らくは彼本人への焦慮に帰因するので有ろう、どうしても夥しい数の絡繰(からく)り人形にしか見えず、同時に、店の中に居る他人(ひと)達の喋り散らす無数の言語が電子音声と成って、頭の中へどっと押し寄せ、偏頭痛を引き起こす始末。此の名状し難い不快さから解放されたい一心で、彼は恋人の声色を捜そうと懸命に意識を集中させた。

すると、次第に聞こえて来る。聞き慣れたあの澄んだ声音が、あのゆったりとした語り口が、近付いて来る。

(今のは一体……何だったんだ？　……いや、疲れて居るだけさ、きっと……)

「――其れでねぇ……？　ねぇ⁉　慈君？　もしもぉ～し、やっほぉー、聞いてますかぁ？

あ・た・し・の、話ッ。もォッ！」

「ヘッ⁉」

漸くに我へと返る事が出来、ほっとするも束の間、彼の口を衝いて出たは間抜けな吐息のみ。よく目を凝らして見たならば、彼女は「如何にも御機嫌斜め御座候ふ」と云った面持ちで、目前に迫りつつ在った。

やっとの思いで是へ気付いた刹那、慈愛は反射的に驚き仰け反り、まるで蛙が喉を詰らせた様な形相で、慌てふためいて言葉を繕う。

「あっ、あぁええぇっと、そのう……そ、そうだなぁ……、う～ん。じゃ、じゃあ、是を機に〝哲学〟でもしてみるかなはははは……」

彼女の話を全く聞いていなかった事をごまかす為、視線を逸らし、頬をぽりぽり掻き、心にも無い話を口走った。すると透かさず麗、

「どうしてそんな顔して迄驚くのォ⁉　ぷぷゥッ……」

噴き出すのを何とか堪え、改めて、「私は怒って居るのよ！」と言わん許りに、

「些とも聞いて無かったでしょうッ。大体っ、哲学をするって何よォッ。哲学は学問なんかじゃなくって、抑が〝考える〟って事、其のものなのよぉっ、もぉ～う」

と、其の語り口は何処と無く拗ねた感じを帯びてはいるも、何処か、此の刹那しかない其の時を味わい、謳歌して居るかの様な、そんな明朗快活とした語調に聞こえるのだった。

——ほら、麗人の口元が、其の整った唇が、ほんのりと、綻んで、在る。

彼はそんな愛しき女性へ、

「成る程っ、成る程ぉ～」

なぞと首肯き、燥いで見せるのだった。

そう、其れは今此処に、自分の目の前に坐って居る妍好たる才女と出会えた此の僥倖を改めて沁々と感じて在る胸中を知られまいとするかの様に。


現在、斯うして、ほんの数日前のあの日、あの時を追思、反芻、試みるに、今迄一度として本気で向き合った事が無い、そんな内容の話許りをして居た事に、慈愛は気付く。

会社を狡休みし、川原で呑気にも惚けて居る事自体が、胸宇や頭の片隅にすら、既に残って無かった。そんな事よりも、今、頭の中を占め心を攫んで放さないもの、其れは、彼女が口にしたあの義字。

『夢』

（夢って、夢を見るって……一体、どういった事なんだ？）

何一つとして真面に答えられぬ儘、逃げ回り、挙げ句〝哲学をする〟だなんてぞんざいな口迄きいて。

「藪をつついて蛇を出す、か。……あの後、話が終わらず堪らなかったけれど……ははは……」

恋人が真っ直ぐな想いで真剣に話をしているにも拘らず、あんな風なふざけた言い回しなぞは罰当たりだよな、と、自嘲の笑いを零すのだった。

けれども、どうしてだか、あれからずっと気に成って仕方が無い。脳裏に引っ掛かった儘ぶら下がり続ける心の襞。想像も付か無かった、意字。

彼女に問われる迄、考える事は疎か、疑問として頭に浮かぶ事さえ皆無で有ったあの言の葉。

『夢とは？　そして、夢はなぜ、目に見えるのか』

穏やかな陽射しの中、堤の芝にて、黄雀達は四方山話に花を咲かせる。

慈愛は麗の凛とした声と俤、そして、音、風、馨り、と胸中に抱き、遙かを眇視する。

――慈君……くぅ～ん……ぅ～ん……。

「ちゅんちゅん、ちゅんちゅん……」

頭の中で彼女の呼ぶ声が谺する。

「ねぇ、聞いてる？　……いてる？　……」

「チュン、チュンチュンチュン、チュンチュン……」

小禽(ことり)達の囀りが寄せては返し、妙に心地好い。

——もしもぉ〜し……もぉ〜し……。

「ぴいちくぱぁちく。ピーチクパーチク」

肉体が無重力へ。意識は宇宙(こきょう)へ。そして其の瞬間、魂が眩(まばゆ)い許りの漆黒たる虚空(こくう)を游(およ)ぐ——。

「……様……若さ……ま……何時ま……で……わ・か・さ・まッ!!」

「はッ、はいッ⁉」

（んんっ？）

——此処……何処？

此の短い言語が、なぜだか喉の奥へ引っ掛かって、どうしても上手い具合に口から外へと出てこない。吊るされた琵琶魚(あんこう)のぎょっとした様な形相で絶句し、目玉だけを妙ちくりんにぎょろつかせ、どぎまぎとたじろいで居る慈愛の耳元へ、不意に息が掛かる。

「若様。皆、揃って居りますぞ。何時迄も狸寝入りを決め込まれましては、進行係も預かる身と致しまして、最早(もはや)、是以上引き延ばす訳にも参りません。ですから、どうぞ、先ずは一言」

流暢成る言葉遣い以てして、簡潔にそう述べたものの、猶以て、蝋人形の如く固まり続け、「へっ⁉　誰？」と云った風な面(めん)をぶら下げた儘、戸惑いまごまごして居るのを堪り兼ねたものかどうか。

「ささっ、若様っ」

と、追い打ちを掛ける様に急き立て、開会の言葉を待った。

只々、面喰らう許りの青年を一顧だにもし無い此の自称「進行役」の老人は、一体誰なのか。全体、何が何だかさっぱり。然し、どうしてだか、是らを知悉していると云う自覚が付いて回る。

此の、違和感……。

斯うした胸の痞えを抱き乍らも、頭の中では、

(先ずは一言？　って言われたって……何の話なんだか……。其れより、此処が何処なのかを、誰でも良いから、教えて)

と云った感情がぐるぐる駆け巡るのだった。

そんな迷子の子猫ちゃん宜しく恐悚する男の困惑なぞ御構い無しに、老人は更に言葉を継ぐ。声を潜ませて。そう、囁く様に、耳元へ。

「若様。此の、月に一度行われる定例会議を、此の度での論題を……御忘れに……⁉」

と此処で、言葉を無くしたのか、或いは何処ともなく置き忘れて来たものか、話す事を止めて終った。そして、何かに心を奪われ、一点を見詰め続ける鯉の如く形相で若主人を凝視した儘、動かなくなった。どうやら、具合が芳しく無い様子。

が、然し、卒爾、憂いと共に思い詰めた表情を振り解かんとし、頭を振り出したるや、思い直したかの面持ちに。

けれども其の刹那。万が一にも、よもやは有りますまい、と云った矜持たるものなぞは、一瞬間にして脆くも崩れ去り、其の面様は憐れみへと転じて行く。

「若様……。若様に限られまして……。御労しや……い、いえ、何でも御座いません。若様っ、今般の主題は『ゆめ』に御座いますれば……ささっ、先ずは一言、御願い致します」

若君の顔をまじまじ見乍らに、老人はそう話を結ぶのだった。

(えぇーっ!! 一体、何をどう切り出せと!? しかも、気遣い? 同情? された?……何だか余計に惨めな気分に成るんだけどなぁ〜。って云うか、あの四人は誰な訳?)

脅威の視軸を緊と感じる中、彼は、溜息混じりに視線を上げ、前方へ。

目路に在るは、見憶えの有る様で、無い様な。そんな四人の男女。

そして、其の八つの眼から主宰が何を口にするものかと興味津津たる様子で、彼の軀に穴が空きそうな程、一直線に眼差しを注いでいる光景だった。

慈愛が内心、悔々とし乍らに、昂る鼓動を落ち着かせ様と咳払い一つしつつ、

「ゴッ、ゴホンッ……え、えェーそ、そのォ〜、本日は、お、御日柄も好くぅ〜」

(……って、何言ってんだよ俺はぁ〜)

と、何とも頼り無い面を上げて見たならば、何と驚き。皆、聢と彼の方を向き、耳を攲てて

居るではないか。しかも、其々の顔が妙に健気で愛おしく映り籠む。訥々（とつとつ）とした。いやいや、単にぎこち無い、しどろもどろな話し振りにも拘らず、だ。

因って、益々彼の顔は火照り、頭の中は真っ白に成る。

「……で、ですからしてェ～、今日のぉ会議へぇ、えェェ出席して戴きました事ぉ、感謝致します。……ではっ、えぇぇ早速、は……始める事と、い、致します」

にっこり。締めは、なぜだか恵比須顔で括って居た。

素っ頓狂な笑顔を曝して居る筈に違い無い冴えなき男なぞ気に留めず、座席に着く四人と傍らに立ち控える一人は、澄ました顔付きで其々、会釈で応えるのだった。

すると、司会者が事も無げに口を開き、

「若様、有り難う御座います」

と辞儀をした。そして透かさず四人へ向き直ったならば、一声（いっせい）。

「では皆様、主宰者へ盛大な拍手を、御願い致します」

パチパチパチ……。其れへ続き、四つの手拍（てばた）きが重なる。

——パチパチパチ。パチパチパチ。

慈愛は、何だか線香花火の火花が閃光と共に弾けるような音を遠くに聴き乍ら、皆が両手の腹を打ち合わせて居る場景へ見入る。

ほんの一時（いっとき）で在ったかどうだか定かでは無いが、程なくして火玉が落ち、燃え尽きたかの如く寂漠(せきばく)が呼び醒まされた。すると、其の静寂の中を、「それでは」と云う張りの有る声が響き亙り、主は徐ら我へと返る。そして、司会者の滑舌が続く。

「会議を始めるに当たりまして、今一度、主題の確認を致したいと存じます。御承知では御座いましょうが、悪しからず御了承下さいませ」

と、軽く頭を下げた後、更に改まった声音で話し継ぐ。

「本会の御題目は『ゆめ』に就いてに御座います。慣例に従いまして、侃侃諤諤(かんかんがくがく)、大いに議論を交えて戴きます」

斯う説明し終えると、再度、辞儀をして締め括った。

紋切り型の挨拶も一段落付いたものと見て取るや否や、慈愛は其の黒色の上下揃い、前釦(ボタン)一列に蝶結びの襟飾りの正装を身に纏った、矍鑠(かくしゃく)たる老紳士を何とか迅速且つ密やかに呼ぼうと、暫し黙考。

結果、思い立ったは、片目のみ、ぎこちなくも必死に屡叩(しばたた)かせ、目配せを繰り返す、と云うもので在った。

麗しき恋する乙女宜しく熱視線を、訳も解らず一方的に贈られた相手にしてみたならば、薄気味悪さと滑稽さとが絶妙に相俟って、嘸かし背筋の凍る思いに違い無い。にも拘らず、是を合図の其れと気付き、見定めたなら直ぐ様姿勢を正し、更には、予想以上の素早さで傍らへ歩み寄り、端無くも恭(うやうや)しく一礼する。

「はい、若様。御呼びに御座いましょうか」

　忖度しての事で有ろうか、声を潜め勝ちに、気品高い明瞭成る音調にて応じた。そして、気味悪がる素振り微塵も見せる事無く、寧ろ「何なりと御申し付け下さいませ」と云った風な従順たる面様で、凝然として佇む。

　正服に身を装った老人の無駄が無い迅速な応対へ気後れするも、当初からの疑問を訥々と口にする若君。

「あ、あのぉ～ですね……た、大変、不躾な質問を……しますが……そのぉ～、あれです。あ、あなたは……あなたは一体、誰……なんです？　……それに、此の、集まりは……全体……」

　消え入る語尾迄を聞き逃すまいと傾聴する表情には、稍、訝しさが窺えた。けれども、泰然自若。

「はっ。はい、此の集会は、若様の御父様の御父様。其の御父様の其の又御父様の、と云った具合に、添上家代々受け継がれて参りました、月に一度開催致します、定例会議に御座います」

　と、事も無げにすらすら答えた後、「はて、是は異な事を」と云った風な、先程来の怪訝さ燻らせつつも話し継ぐ。

「……私(わたくし)めは、幼少の頃より御世話に成り、其の御恩返しにと、もう何代目に当たるので有りましょうか、定かでは御座いませんが、今日(こんにち)迄ずっと御遣いして参りました、執事に御座いますれば……憚り乍ら、まさか、御忘れで……？」

此の刻の疑心の眼差しが、やけに慈愛の目頭へちらつき、胸騒ぎを憶えさせる。

老い等微塵も感じさせ無い明澄たる言葉遣いで傍らへ控え立つ、自称〝執事〟の懐疑を払拭すべく、当主は慌てて言葉を取り繕う。

「まっ、まさかっ……、わっ、忘れる訳が無いよっ。い、いやぁ～そうだった、そうだったよねぇ～なははは……」

ちらりと横目で様子を窺いつつ、更に、

「あ、あれっ⁉　ま、まだ、何だか寝惚けてるのかなぁぁ～あははは……」

などと付け加え嘯いてみせた。けれども当人の予想に反し、不可思議な事なのだが、此の駄目で元々、しどろもどろな科白を以てして、腑に落ちた様子。爺やは、安堵したものか、朗らかに莞爾として笑みを浮かべたなら、又も、側にて屹立し、控え俟つので在った。

其の何処かしら漫画染みた機敏な動作に僅かな違和感を憶えるも、漸くにして辺りを観察する気持ちが芽生え始めたのだろう、慈愛は改めて綽然と部屋を見亙す。

眼界に広がる空間は、何の変哲も無い、誰しもが一度は目にする様な会議室だ。然し、更に目を凝らして行くと、窓が幾つも在るにも拘らず、どれ一つ取っても景色がぼんやりしていて、見えている様で見えていない様な……。

――まるで狐に化かされて居る風な。

そうした心地の儘、どうしてだか視線は四人の人物へと注がれ行く。

彼との間(あわい)を、檜(ひのき)か椙(すぎ)か、判然とし無いものの、其れは其れは途方途轍も無い程大きく、極めて立派な一枚板で出来た矩形(くけい)の卓が、どっかりと据え付けられて在る。

是を互いが挟む恰好で向き合い坐る、一人と四人。と、進行係。

主宰者を含めた六人の登場人物が、漠然たる空間の一所へ、唐突に存在して居るのだった。

其れは、同時に永遠を感じさせる程の場景でも在った。

然し、ついさっき迄、首座が言う事へあれ程に聞き入って居た筈で有った件(くだん)の四人。現在(いま)はと言えば、既にして心焉(ここ)に在らず。最早、関心が薄れた者、或いは興味其のものを失った者。

有ろう事か、其々の趣味に興じて居るではないか。

先ず真っ先に彼の心と視線を奪ったのは、真正面に坐る中年女性と、其の右横の、やけに唇と指先だけを妙に緋(あか)く際立たせて居る年の頃廿二、三か、の女性とが、仲睦まじげに何やら四方山話へ花を咲かせて居る情景で在った。

次に視界へと飛び込んで来たは。憚る、と云う事を知らぬが如くぺちゃくちゃと囀り捲(まく)る其れを、間近で否応無しに聞かされ、迷惑千万と許りに睚眥(がいさい)する、気難し屋を絵で描いた風な中年男性。厳めしい面相の、是ぞ正に、苦手な類いの人物だ。

有無を言わせず眼界へ映し出される三人の動向。其の先行きを主人は、拱手傍観。只々、どぎまぎする許り。

其の間も例の二人と来たならば、そんな周りの事なぞ一切御構い無し。御喋りは一向に止む気配窺い知るは最早皆無。其れを認めるや否や、雀合戦宜しくを左手に、厳格成る男は更に憤怒し、ぎりぎりと切歯扼腕、鬼の形相以てして、睥睨し続けるので在った。

そんな場景に辟易し乍ら、残す一人で在る四人目へと、どうしてだか、救いを求めるかの様に、弱り切った心根抱えた儘、慈愛は眼差しを向けた。

が、然し、其の先に広がる光景は、彼から向かって右端に居る女性は、そう、物の見事に期待を裏切った。まるで、一触即発の情勢等、見えてはいないに等しき泰然自若、一顧だにせず、彼女から正面に見え在る窓から望む外界を眺め入るのみ。けれども同時に、其の横顔からは該博さを醸し出しても居たのだった。

どの位の時間が刻まれたもので有ろうか。永劫で在り、一瞬間の瞬きで有ったか。いや、何方でも有って、何方でも無い、全く刻と云う観念が通じ無い空間をさ迷い続け、其処でそうして只、存在し続けて居るだけ、と云った感覚。そんな、何とも名状し難い、どうにも判然とし無い意識の中、其の場を打ち眺めて居る内、慈愛は不意に曖昧さへ心付く。

そう、其れは、なぜだか些とも、場面が流れて行かないのだ。ずっと同じ画面を、静止画像を見せられて居る様な、そんな、へんてこな、世界。

（……錯覚⁉）

そんな風に感じて居乍らも、眼前に浮かび上がる四つの、いや傍らに在るもう一つの顔も必死な想いで注視する。何かを、そう、面識の有無を確かめる為、五つの面相へと、知らず識(し)らずに喰い入る。も、一向に思い出せ無い。見憶えが無い。喉の奥に物が痞えて終った様な、何ともすっきりし無い気分。

彼は考える。是の正体は、よく有る、心模様のあれだ。〝錯誤〟。まさしく此の一言に尽きる。映画の一齣(ひとこま)を体験として記憶して終う、あの思い違いも其の一つだと。

何処かで会っているのだが、どの様にして出会い、知り得たものなのかをとんと思い出せないので有る。只、一度は、眼にした事が有る筈なのだ、見憶えの有る顔なのだ、としか形容出来無い苛立たしさを、素直に認める事でしか気持ちを鎮められない此の情況。此の不可思議さ。然し、どうしてだか、執拗に観察して終う。胸の痞えをどう有ろうとも取り除きたい、そんな衝動が抑えられないで居る慈愛。どうにも止められない、と云った所。

――本音に勝るもの無し。

（あのおばさんと、隣の派手な女とは、母娘(おやこ)なのかなぁ？　やけに仲が好いよなぁ。……しっかし、あの中年女(ひと)、あれだ、ほらっ……そう……オバタリアンッ‼　そう、あの図々しさ、いやいや、元(もと)い、肝っ玉が据わった太っ腹母ちゃん。――それから……あの、弩派手(どはで)な姐(ねえ)ちゃんは一体……。何ともはや……真っ赤な口紅と、其れ以上に派手なあの緋色の美爪術(びそうじゅつ)と来たら……。抑、喋るのか、爪を乾かすのか、一体、何方へ重きを置いているのやら……）

何方ともを器用に、しかも美事に熟している事へ密かに感嘆し乍らも、其の奢靡な身形にげんなりし、〝会議〟とは名許りだと、主宰は大きく溜息をつくのだった。

そして其の隣に居る、未だちりちりと肌を刺し貫く程の凄まじき瞋恚を発し、瞋怒する其の並々ならぬ気色へ、重い気分に因る軽い胃靠れを抱え籠みつつも、視線、意識なぞ、巡らしてみる。

果して其処には。そう、あの男だ。

（あの中年男……。ああ云う感じのオヤジは厄介だぞぉ……。あれは、正義漢だ。ああ云った性向は……大の苦手なんだよなぁ～ハァァァ……）

先程から何も変わらぬ形相の儘、二人を睨まえ続けて居る其の様態眼の当たりにし、彼は落胆一色で染め上げられ、肺腑は更に締め付けられ、魂が桎梏の淵へと沈み込んで行き、軀はずっしりと重く、揺ら揺らと沈淪して行った。

どうにも鬱ぎ籠め、途方に暮れる心中露に、御慈悲を、と許り神仏へ縋り付くかの様な眼差し、対って右端の人物へ。

斯うした状況下の中で在り乍ら、相も変わらず澹然として、外界の一点を硝子越しに打ち眺めて居る常客。凛とした装いと挙措へ好感憶えし才色兼備の代名詞たる女性。故に、何処かしら近寄り難きを醸し出した儘で、依然として、其処に、其の席に、存在して居る。

（噫乎、けれども、何処かで出会って居る筈、其の筈……。あの面影を、見知っている）

然し此の自問に、慈愛はどうしても応える事が出来無かった。

そんな蟠りを、恰も煩わしい重荷の如く背負籠んで終った流離人は、最後の人物へ、さて、と云った風に一瞥を投げ掛けるのだった。

傍らで、律儀にも控え俟つ進行役を兼ねた目配りの迚も良く利く忠実成る侍従事、自称執事。此の老紳士、煎じ詰める処、一体、誰なのか。未だ、皆目……。

（う〜ん……よく見ると、俺が子供の頃に他界した、祖父ちゃんに何処と無く似て無くもないのだけれど……）

やはり、今一つしっくりこない。

とは云うものの、兎にも角にも、ざっと、今日の会衆は、こんな感じの放縦たる態度を以て、斯くの如く、目睫へ現前して在るのだった。

此の顔触れが何時もの主賓なのか、或いは初顔合わせで有るのか、又、常連なのか、若しくは、会合毎に参加者を変更しているもので有るかどうかさえも、是ら悉くが判然とし無い。考えあぐね、主としてどうしたものかと手を拱き、只、此の室の場景を他人事の様に眺めているだけ。

そんな現況の中、突として変化が生じたのを彼は見逃さなかった。

此処迄、件の仮称〝仲好し母娘〟が喋り立てて居る事自体は見て解ってはいたものの、是迄全く聴き取れ無かった其の会話の中身が卒爾、慈愛の鼓膜を搖さぶったのだ。此の突発的出来事に伴い、徐ら好奇心が、いや、俄にで有ったろうか、掻き立てられ、興味津津。好奇が頭を擡(もた)げたかと思うや否や、覗き見主義の妖精(こびと)達が喜び勇んで散り乱れ、胸奥より湧き出して来た。

　実に何とも不可思議な、其れでいて必然的な程のはっきりとした、此の感覚。が、迫劫(はっきょう)し、身魂を侵蝕・掌握されて行くのがまざまざと神身で理解出来るのだった。

　斯うした心内へ、だからこその狼狽(うろた)え、怖気(おじけ)が拍車を掛け、思わず知らずに話し声へと、正面に坐るあの二人の会話へと引き籠まれて行き、耳を敧てる。此の衝動、どうにも禁じ得ない。

　猶も放縦たる饒舌合戦を繰り広げて居る模様が、慈愛の双眸へ逐一映し出される其の度、心は躍る。其れは、ひらりひらり、と宙を舞う蝶の如き軽やかさ。そう、丁度、広場の砂地にて、雀らが彼方此方(あちらこちら)へ転げ回るに似たり。

　彼の意識が捕らわれて行くに連れ、少しずつ喋り声は大きく成って行く。音声は拡大されて行く。話し言葉が聞き分けられる程に成って行くのを、其の一言一言が鮮明に成って行くのを、河畔にて龍の背宛らに煌めく川面を眺めて居る、そんな心地の中で、慈愛は彼女らの囀りを子守り唄の様に聴き蕩れるのだった――。

「ねぇ、お母さん。前回はさ、ほらぁ、何だか小難しい話になって、宇宙がどうとか……生きるとは何とかだぁ、なんて遣ってたわよねェ。でも、今日は何だか楽しそうじゃん。何たってッ、ゆめっ、だよッ、ユ、メ」

「そうそう、そうだったねェ。ほら、誰かさんが、確か……そうッ、死生……か、ん？……私生活？　だったかしら？」

と一息つき乍ら、隣の若い女の顔を見る。すると透かさず、「うん、死生観ね」と云った風な笑み湛えつつ首肯く。其れを認めるや、言葉を継ぐ。

「そうよ、それでもう、其の後は矢鱈滅多らに聞いた事の無い言葉で喋り通しでッ。まぁ〜本当どうなる事かと肝を焼いたわねぇ〜」

仮称、美爪術、事、派手派手女と、同じくオバタリアン、事、太っ腹母ちゃんとの二人は、寸刻違えず、才女の顔、是又、仮称、哲学さんの毅然たる面差しへ一瞥を投げるのだった。其の四つの眸には、確実に蔑みが宿って在る。いや、其れ以上の何か異端者でも見る眼差しに似た、滑り絡み付く様な下卑た目で在った。

そんな視線等慣れたものと許り、意に介する事無く窓の外を打ち眺める女性の横顔を、慈愛は懐かしむかの風に見惚れる。そうし乍らも一方で、頭の中では一つの疑問が渦巻く。

そう、其れは、二人の会話に出てきた言語、〝前回〟と云う文字で有る。なぜ此の熟語が気に掛かるのか。其の答は実に簡単明瞭、主催する側で在るにも拘らず此の前回に全く以て記憶が無く、寝耳に水、なのだから。従って、義母娘の気持ちを酌む事や、才色兼備の心中を忖度する事等の、例えば気概と云った様なそうした意思は、彼自身、微塵も感じ得る事が出来無かった。

「そう、それでゆめの話の事なんだけれどう、家の長女が、何だか知らないけど、ほらぁ、最近又話題になり出した、あのぉ～ほらっ、せかせかと板切れを振り回してる……何て言ったかしらねェ～、ほらほらぁ……えぇ～と」

と、オバタリアンが家事で鍛え抜かれた逞しい腕をぶんぶん振り動かし、天井を仰ぎ見乍ら必死で思い出そうとする其れへ、美爪術が連想を試みる。

「あぁ～っ、其の動きっ！　其れってェッ、ほらっ、白くて小さな球を打ち合うあれでしょッ。……わかったぁ～！」

何とも楽しげに、しかも同時に互いの顔を見合わせ、一寸違わず、

「ピンポン!!」

「卓球ッ!!」

意気投合、睨めっこした儘、ぴたりと動きが止まる。と、其の刹那。ほんの束の間の静寂を引き破き「アハハハハハハ」と、天をも劈く大笑いを突如、室中へ響き亙らせた。

前触れ無き大音響にびっくり仰天、目を白黒させて居る慈愛の視界へ卒爾、あの男が。そう、あの威圧的な人物。仮称、正義漢、事、偏屈親爺が飛び籠んできたのだった。

（うげェェ～、睨んでるよぉぉぅ。御負けに、黙ってるっ、黙ってるよォォ～。余計に怖いッ）

そんな中年男の睥睨なぞ歯牙にも掛けぬ件の姦し達は、会議等其方退け、好き放題に駄弁を

弄する。事有る度に相槌の如くオバタリアンのあの律動感溢れる、「ピンポン、ピンポン」と
云った連呼には、一体どれ程の意味合いが籠められているものなのか。
(そうかッ！　洒落か⁉　……そうなのか？)
仮令(たとい)そうなのだとしても、何時迄此の繰り言を続ける心算(つもり)なのか。実に、面倒臭いにも程が
有る、と主は苛立ちを微かに憶え乍ら見守る。
然し、其の隣の女は、真っ赤な唇をだらしなく開け広げ、
「お母さんっ、其れッ、ウケるんですけどぉ～」
なぞと、ふざけた言語をつき、涙目の儘で、
「アハハハハ。卓球ねェ～、何だか、解る、わぁかるぅう。現在(いま)、盛り上がり中って感じだし
い。それに、みィ～んな遣ってんじゃんねェエ」
と、息を弾ませ話し継ぐ。
「それに、そうそうっ。点取った時なんかッ、ほらっ、シャァアーッ！　とか何とか言うじゃ
んッ。良いじゃん、良いじゃんッ。卓女(たくじょ)じゃん、タ、ク、ジョ。何だかっ、あたしもッ！　ヨ
ッシャァアーッ！」
最早、是は言葉とは似て非なるモノではなかったか。無意味で滅茶苦茶な、しかも好き勝手
に盛り上がっている始末。
此の笑えぬ寸劇を有無言わせず鑑賞させられ、他の皆はどう感じ、捉えているものかと、慈

愛は視線を向ける。哲学さんは？　我関せず焉（えん）。景色へ見入った儘だ。

（只今、沈思黙考中。って看板が見えてきそうだな……）

ならば、と覚悟を決めて、正義漢へ。きっと怒り心頭に発するが形相で叱咤するで有ろう……筈の期待は、儚（はかな）くも美事に崩れ落ちた。只々、姦し母娘（おやこ）へ憤りの熱光線攻撃をし続けて其処に居るのみ。

そして、若き主人の傍らに閑かに佇む従順たる下僕（しもべ）も又、等しく、進行役とは名許り。澄まし顔の儘、平然と黙（だんま）りを極め込で居るのだった。

そんな折り、彼の脳裏にふと或る一つの考えが過る。

（いや、待てよ。ひょっとかして……）

是こそが、何時もの、と云った字義通りの其れなのだろうか、と。若しそうだとするので有れば、是は断じて会議に非ず。有態（ありてい）を表現すると、まさしく「井戸端会議」其の物。

なれども。

（んんっ⁉　ま、て、よ。井戸端……か、い、ぎ⁉　……か、会議に成ってるッ）

ほんの一時とは言え、此の斬新成る閃きに光明を見出したものと勘違いした事へ、慈愛が自身の浅薄さを思い知り、忸怩たるへ打ち萎（しお）れる中に在っても猶、二人の会話は続いて行く。

「でもねぇ、誰しもがそういう世界で通用する訳無いしねェ～。況（ま）して、頂点ともなると余計にね……。だから、そんな事なんかよりも、もっと勉強して欲しいィんだけどねぇ～、上手い具合にいかないもんだねェエ……」

何だかちょっぴり感傷的に成って終ったのかどうか、此処で出し抜けに、毎日の水仕事の過酷さを物語る芋に似た手先がくねくねと動き始め、まるで乙女の恥じらい。

(えエーッ！　何でッ、もじもじ？　って……其れっ、要る？)

すっかり悄気(しょげ)返って終った胸宇は一層、鬱屈する。けれども二人の談義は続く、何処迄も。

「御負けに其の下の長男は野球。プロの選手に成るんだぁー、だなんて息巻くもんだから、其れに触発されちゃって、一番下の坊主迄もが言い出したのは、是が何とッ、聞いてびっくりッ！　体操選手だよッ、体操ッ！　宙返りするあれよぉぉ」

目眩いがしそうだよ、なぞと然も言いたげな身振り、手振りで熱弁を展開する。其れへ、相(あい)の手(て)を交え熱心な表情で聞き入って居た美爪術が、宥める風な言葉を掛ける。

「良いんじゃないのぉ？　お母さん。飽きる迄遣らせてあげなってばっ。我武者らに一つの事だけに打ち込めるのはぁ～、そうやって、一途(いちず)にのめり込んで一日を過ごしてゆけるってッ、何だか素敵じゃなぁ～い」

此処迄一気に喋り切ると、次に瞳を爛々と輝かせ、若き日の自分を想い浮かべるかの様に恍惚と言葉を続けた。

「何てったってぇッ、青春って期間(とき)は、現在(いま)しかないんだしッ。そうでしょッ！」

是ぞ若人の専売特許と云った所か。派手女は、見掛けからは窺い知れ無い心中を吐露した様だ。けれど、オバタリアン。如何にも「ちゃかさないでお呉れよぉ」と云った面持ち露の儘。

「そうかも知れ無いけどさぁ〜……」

　此処で一旦話を区切り、「ふぅーっ」と大きく息を吐いた。すると、其の顔付きが穏やかに、そして、母親としての懐い(おも)へ。

「……そりゃぁ、あたしだって、若い頃は色々憧れて、ユメも見たわよぉぉう……だからぁ、子供達の気持ち、解らない訳じゃぁないのよ。でもぉ〜やっぱりッ、あん時、勉強しておけば良かったなぁ〜って、思う訳なのよぉう。……だからさぁ……そうじゃないかい？」

　不安げな問(とい)へ、美爪術が其の真っ赤に染めた手で、元気の無い芋の様に逞しい手を取ったなら、固く握り、勇気付けようと張りの有る声で応じる。

「それはぁ、まあ、私だってェッ、そっちの方はてんで駄目だから、お母さんの言う事、解るわよぉ。でもぉぉ……こう見えても私ッ、舞台に上がった事有るのよッ」

　胸を張って見せた次の瞬間、勢い、芋(はは)の手抛り投げりし腕を高く掲げ、突き出し、大きく広げ、

「あぁ〜ッ、ロミオッ、あなたはどうしてロミオなのぉぉ〜う、ってねッ。はぁ〜、艶(あで)やかだったなぁ〜、輝いていたわぁ……あの頃はぁっ」

　舌をちろりと出し、お愛敬(あいきょう)、にっこり、一粲(いっさん)した。

　其の話を聞いた途端、オバタリアン、顔色が一気に明るく成る許りか芋の手左右ガッチリ、

「初耳よぉうッ！」と口元を綻ばせつつ言葉を返す。

「あらっ、素敵じゃないかぁ〜。あなたなら、まだまだ十分ッいけるんじゃなぁい？　其の美貌が在るじゃないかぁ〜。それに引き換えッ、あたしゃッもぉうッ駄目ッ！　見ての通りッ、全てが崩れて……もうッ酷いのなんのったらありゃしないッ！　寸胴よ、寸胴ッ。御負けがこの……太鼓腹ッ！　アハハハハハ」

彼女を賛美し、大笑い響かせたらば、月夜の狸宜しく、御自慢の腹鼓をポンポンと軽快に打ち鳴らして見せるのだった。

其の道化を目にした美爪術は、はにかみ隠さず、

「やだぁ〜、お母さんったらぁぁ、言って呉れちゃってェェ。私だってもうそんなに若くないんだってばぁ〜。……でもぉぅ、もう一度、晴れの舞台に立って、羽搏いてみたいわぁぁ〜」

と、寧ろ乙女の恥じらいを是見よがしに、抜け抜けと吐かした。次いで、何かいきなり思い付いたものか、「あっ！」と感動詞を零し、矢継ぎ早に喋くる。

「そうだッ!!　なんだったらさッ、私もッ、卓球、始めてみようかなッ！　今日から私はッ、卓女になるッ!!」

妙案と許り、言うに事欠き嘯いた。

（なっ!?　何をォーッ！）

　憤慨と戦慄とが交錯する、慈愛の肺腑の慟哭が聞こえてきそうではないか。

（大体ッ、さっきの科白の軽さときたら何なんだ、シェイクスピアに失礼じゃないのかッ！　それに、卓球をしたいのならッ、先ずッ、其の朱に染まって長ぁ～く伸びた爪を何とかしなきゃッ、駄目だろうにィッ！）

　彼は、主催者として此処らではっきりと何か発言しなければ、と意気込むも、どう話を切り出したものか考えあぐね、主が逡巡して居る其の間にも、彼(かの)二人の会話は更に盛り上がって行く。

「あぁッ！　そぉ～うだ。憧れ(ゆめ)、と言えば……ねェ、お母さんのはッ、どんなだったのッ？」

　覗き込む様にした嬌艶(きょうえん)な女の好奇成る眼差しでの発問を避けたものかどうか、オバタリアンは俯き加減にぼそぼそと口を開く。

「ど、どんなって……随分と昔の話だからねぇぇ……それにぃぃ……今更……何だか、やっぱり……恥ずかしいじゃないかぁぁぁ……」

「いいじゃん、いいじゃん。今回はッ、『ユ、メ』に就いて、なんだからさぁ～、ねッ、早くぅ聞かせてよォ～う」

　と、ケバケバ女は間髪を容れず、聞き出す事へ余念無く責付(せっつ)く。そう、駄々を捏(こ)ねる子供宛らに。

「……うぅ～ん……そうかい？　そんなに聞きたいかい？　……嗤(わら)うんじゃないのかい？」

「何よぉおう、もぉう、慰み種（わらう）訳ないじゃんッ！　教えてよぉう。早くぅ〜、ほらッほらぁッ！」

美爪術に促されたオバタリアン、満更でも無いと云った顔付きで答え始める。

「……うぅ〜ん、あたしゃね、斯う見えて……本当に、嗤わないでお呉れよぉう？」

照れ臭そうにする其れは、戸惑いの為に小刻みに震え、濡れ色の瞳をうるうるさせた子鹿。

そんな驚愕の場景の中で、中年女は意を決するが如く声を発する。

「トリマーよッ。トリマーッ！」

此の衝撃の告白を耳にした一同、悉く愕然としたで有ろう其の職種を知った其の上で、件の派手女だけは俄に双眸煌めかせ、眼前の震える子鹿を慈しむかの様な表情露に、黄色い声以てして、惜しげも無く賛美の言葉を贈る。

「エエーッ！　お母さんッ、凄いッ！　凄いッ!!　キャァァーッ！　恰好イイじゃんッ!!」

自称、元女優の予想外の反応に、三児の母は気を良くしたのだろう、弄舌（ろうぜつ）に成って行く。

「えぇッ!?　あらッ、そ、そうかい？　恰好良いのかい？　ウォホホホ。働き乍ら、学校にも通って、ちゃんと卒業してね。認定修了証書だって未だに大切に持ってんのよぉう。何たって、あたしの大事な宝だからねェ〜」

「へェーッ！　専門学校にも行ってたなんて、本格的ィーッ！　やるじゃぁんッ、お母さんッ！　でもぉ、何で？　其の仕事、辞めずに続けていれば良かったのにィ〜。何だか残念」

実に粗朴で真面な見解。

「いやね、色々と理由は有るんだけど、……要するに、生き物で商売するってのがねェェ。何だか、ほらぁっ、何て言うかぁ……後ろめたいって言うのかしら……。何だか其の内に気が引けちゃって……」

解るだろう？　と云った風な素振りで、生真面目にそう答える。

「なぁ～んか、解るなぁ～、其の気持ち。お母さんらしいィ～。そうだよね、何処と無く、愛が、感じられ無いわよねェ～」

なぞと、美爪術も是迄に無く神妙な顔付きだ。

そんな彼女の返事に手応えを感じたのだろう、オバタリアンは我が意を得たり、と許りに胸臆躍らせて囀り継ぐ。

「そうそうッ、そうなのよッ。だからね、其の頃、客として来てた今の亭主とさっさと結婚して辞めちゃったのよぉう。……まあ、後悔して無いって言ったら嘘に成るかも知れ無いねェ～」

と、其の科白に派手女、「何方（どっち）に？」と云った風な顔を向けるも、然しおばちゃん、此の喰い付きは今一つ把握し兼ね、怪訝そうな面様で話を続ける。

「だからかどうか、家（うち）に居るのよぉう、プードルのアルレッキーノがッ！　アルちゃぁん、って呼んでるんだけどねェ～、可愛いの何のって、もぉう、至れり尽くせりよぉ～う。子供達ときたらッ、生意気ばっかりでッ！　それに引き換えあの犬は柔順で従順な、あたしの掛け替えの無い存在よォ～う。もぉう、目の中へ入れても痛く無い程なのよぉぉ～オホホホ」

「なぁんか、めっちゃッ解るぅ～、お母さんの其の気持ちィ～」

うっとりした眼差し向けつつ同調したらば、矢庭に、身を乗り出す程の勢いで発案する。

「そぉうだッ、ねェお母さんッ、私んとこのチワワのちぃーちゃん、あっ、ちっちゃい所から名付けたんだけど。でぇ、其のちぃちゃんのトリミング、頼んじゃおっかなぁぁって。……ん～って言うかッ、グルーミング？　って言うの？　の仕方、伝授して貰っちゃおうかなぁ～」

「ねぇ、どぉう？」と、昂奮する余り更に身を乗り出して居る。

やっぱりお互い気が合うわね、と言いたげに、何と和やかな、然も楽しげな二人の話し振り。二人だけの陽気な談笑。此の懇話会が此の後も永遠と云う名に相応しく、続くので有ろう事を予感させる、目睫の場景。

最早、此の場には自分達しか居無いと、いや、周りを見ようともしていないのではないのか。

何と自由奔放なのだ。

（いやいや、まさかな……）

けれども、まさしく此の傍若無人さ、大きな赤子の如く。恐る可し。

だが然し、慈愛は今一度、沈思する。

（やっぱり此の儘じゃ駄目だ。何とかしないと……。怖気付いてる場合なんかじゃないぞッ。

話の筋がずれているんだからな。何を躊躇(ためら)う事が有るんだ？『夢を見るとは一体』……と云った話し合いの場だと、言うんだッ）

従って、一刻も早くあの二人組を黙らせなくては。今、直ぐに。

勇み立つ奥意とは裏腹に、肝腎要の其の口が、どうにも、もごもごと、まるで総入れ歯をガタガタ言わせ、口から飛び出さんとするのを懸命に口の中へ戻そうと奮闘して居る様で、些とも言葉が発声されてこない。焦る。焦る。おかしな汗迄かきだした。焦躁感の中で漏れるは、擦(かす)れた吐息許り。

（トホホ……。何でさっきから一言も、俺の声は出てこないんだよぉう……？）

噫乎、此の儘では、非常に不味(まず)い。

会議室と云う容れ物の中で、借り物母娘(おやこ)の討論が続くのを、今以てギロリと睚眥し、何一つ語ろうとし無い、あの親爺が、あの厳格男が、今にも怒り狂い出すに違い無い。早く、早くしないと大事が起こる。

主として、斯うした苛立ちに心が嘖(さいな)まれ、そうした考えに頭を悩ます。

次第に是らは膨れ上がって行き、既にして、彼の脳味噌を破裂させせん許りの勢いだ。

（どうしようッ。どうしよう。どうしよぉぉう……あァァァ～!!）

頭蓋を必死の形相で両の手で抱え、知恵を搾り出そうとする中、終(つい)に、事は起きた。

「一体、何時迄続くのですか？　其のユメの続きは。貴方達が仰います〝希望(ゆめ)〟ではなくって、

『夢とは』に就いての場なのですよ、此処は」

件の母娘（おやこ）の四方山話で終始する現状を打破する可く口を開いたは、何と何と、よもやの――。

（て、哲学さん⁉　……ええッ⁉）

彼女の凛とした声が彼の肺腑へ染み入り、吃驚（きっきょう）の呻きに堪えない。

正に、周知の芭蕉翁（ばしょうおう）、名句が如き静まり返った一室。其れを破り、更なる諫言を浴びせ掛ける。

「好い加減にして戴けませんか。抑、どう云った根拠に基づき、貴重な時間を、貴方達の閑話の為だけに費やさなければならないのです？　もっと深く考え、人間として、もう少し真面な言語を、きちんと、音声にして戴けます？」

と、ぴしゃり。

是は彼の優柔さが招いた結果か。

（はぁ……先越されちゃったなぁ……）

意気消沈。

依然、彼女は終始一貫して窓の方へ向いた儘で、是だけを言い終え、其れ切り押し黙って終った。

だが然し、いや、やはりと言う可きか、是で終わろう筈が無いのだ。あの二人に限って。

そう、此処からが真骨頂と言わん許り、今まさに怒濤（どとう）の応酬や始まらん。

「なぁ〜に⁉　ヤナ感じィッ。どっかの大学出てるんだかどうか知んないけどッ、お高くとまんじゃないわよぉうッ。って言うかさぁ〜、前にも言ったけど、ダサイのよッ、其のメ・ガ・ネッ。いかにもガリ勉女ッて感じのッ！　大体、何処で売ってんのよ、そんなモンがッ！　ナハハハッ」

　斯くして、嘲笑従え、先ずは美爪術が口火を切った。

（コラコラ、其の店に謝れ）

　って、此の期に及んで、どうして今こんな語句しか頭には浮かばないのだろう……主として情け無く感じ、自身の根性の無さを嘲弄する。けれど、そんな僅かな間にも、その心の間隙を縫ってオバタリアンが続く。

「そうさッ。きつい物言いするもんじゃないよッ。偉そう振ってッ！　あんたッ、あたしゃね、三人も面倒見てきてるんだよッ。ユメ語る位ッ、良いじゃないのさぁッ！」

「そうだよ、このッ、性悪女（め）ッ！」

　其処で義母娘（おやこ）は互いの顔を見合わせたならば、ニンマリ。

「あらぁ〜やだ、何時もの事だけど、あんたとは妙に馬が合うわねェ〜」

「もぉう、やだぁぁぁ嬉しいぃッ。お母さんとはいっつもそうだけど、確かに話合うねェ〜私達。なんだか本当の親子かもッ！　ってねッ。益々お母さんの事好きになっちゃうぅ〜」

　けばけばしさふんだんに、此処迄一息で喋くり通し、息継ぎを済ませると、言い残した事がまだ有った様子。思い出した様に話し継ぐ。

「あぁぁッ！　そうだったそうだった。ところでぇ、お母さんってさぁ、幾つになるのぉ～？」

と、此処でまさかの急展開。

「へッ⁉　あ、あたしッ⁉　教えて無かったかい……？」

余りの予期せぬ質問に、応答が鼻から抜け、何とも間の抜けた声音が零れた。

すると、又もあの気味の悪い仕種が始まった。もじもじ戸惑い露、面喰らいつつも、訥々と応じる。

「な、何だい？　藪から棒にぃ～。あ、あたしゃぁ、あれだよぉう……こ、今年でェ……そ、そのぉ～、し、四捨五入したら……ご、五十だよぉう……」

（な、何で、顔を⁉）

と突っ込みたく成る様な愧赧（きたん）の中年女へ、派手女は、

「エエーッ、うっそぉうッ！　全然ッ見えなぁい。って言うか、やだッ、うちのあの母親（ひと）と同（おな）い年齢（どし）ッ。でも、丸っ切りの大違いッ！　お母さんの方がずっと好い感じィ～。何でも話せるし、気が合うから落ち着けるしぃぃ。うぅぅ～ん、って言うか、今日からお母さんと暮らしちゃおうかなぁ～ニャハ」

最後に猫撫で声の調子の儘、恬然（てんぜん）と甘える仕種をして見せた。

継母（ままはは）も、さっき迄の恥じらい何処へやら。満更でもなさげに、言下を待たずして話へ乗って

来る。

「あらぁぁ、何だか素敵な話じゃない。楽しく成りそうッ。ちぃーちゃんやアルに取ってもねェ〜。それに、鋏や櫛の使い方も教え易いし、一石二鳥じゃない。いらっしゃいよぉう、大歓迎ッ」

是を聞いた美爪術、居ても立っても居られなく成った様子。キャッキャッと年甲斐も無く雀(こ)躍りして喜んだ後、俄に顔付きをがらりと変え、

「あぁんなッ、カチカチ石頭の男女なんかはッ、放っといて、お茶しよッ。こんな辛気臭い所(とこ)から場所変えてさぁッ」

窓の方を向いた儘の能面を一瞥し、捨て科白を言い退けたのだった。

「其れッ、良いわねェ〜。そうしましょっ」

とオバタリアンも乗り気満々。

(んんっ‼　今、何か、聞き捨てならない会話を聞いたような……?)

此処で歯止めを掛けなくては、今を措いて他には最早、機会無し。然し、気負う心虚しく、たった一言口にする隙さえも、主催者には与えて貰えなかった。

「でしょーッ。グッド・アイディアッ、よねッ!」

女の毒々しい弾む声が続け様に。

「ああいうのをッ、俗に〝モ・ド・キ〟って言うのよ」

「あらっ。もどき、ねぇ～。上手い事言うわねェ～ハハハ」
と、軽はずみな中傷を口にし、意気投合する二人。倶に意味深長な口元と目付きとを孤高の女へ向けるのだった。

（はぁぁぁ……何てこった……）

好奇や誹謗に羨望と嫉妬、斯うした是ら多様の情念が複雑に絡み合い縺れた結果、人と云う生き物は邪で歪にした形相へと変貌を遂げて終うものなのかと、是程迄と、慈愛は人間の浅ましさに恐竦し、妙な具合にひん曲がって見える似非母娘の仮面を眺め入る。そして、若しかしたら自身の顔も斯う成ってはいまいかと、俄に胸騒ぎを憶え、どうしてだか肩身が狭く成る氛気に、胸がぎゅっと縮こまる。そんな不安とも呼べるモノに魘われるのだった。

（まだまだ続くのだろうか？　いやはや、こんな感じの家族会議が……。いや、きっと……はぁ～、続くんだろうなぁ……）

本意は、『夢を見る』とはどう云った事象、或いは現象なのだろうかを話し合う、そう云ったもっと有意義な場と時間にしたかったのだと、彼は憾恨に没する。畢竟、躊躇と沈鬱とを何時迄も繰り返す許りで、未だ真面な言葉を一言も発せぬ儘、又、其の要因たる責任を転嫁した儘で。

（己は、巧みな迄に傍観者へと成り済まして居るだけではないか！）

自嘲の句が、緊と彼の身へ迫蹙し、肺腑を噴む。

然し、どうにも声が出て来ないのだ。いや、そうでは無く、寧ろ、出したくとも出せないと云う可きか。

此の間(かん)、三つ揃い着崩れさせる事も無く、直ぐ際(きわ)にて控え、黙して語らずの姿勢崩さず、未だ仁王立ちの執事。件の二人が喋り散らし続けて居るのへ、聞き入って居る様子。

確かに、他人(ひと)の見解、意見を聞く事は迚も大切だ。

けれども――。

（是は……其れとは、何かが、何処かが、決定的に……違う）

なぞと、心底(しんてい)の、其の又深潭(しんたん)より緩(ゆっくり)と擡げて来る深遠成る感懐を、いや、疑念だろうか、慈愛はぽつりと胸の内で零してみた。

「それで、話の続きなんだけどぉ、あたしが聢り手解きするから、二人で店を始めてみないかい？　ねぇどうだい？」

やや不安そうな表情を見せつつ、オバタリアンは相手の顔色を読む様に話し継ぐ。

「……何だか、ほらぁ……あんたとなら、もう一度、遣り直せるって云うか……上手く行きそうな……そんな気がするんだよぉう。……どうだい⁉　悪くはない、話……だと思うんだけどねェ～」

内心はらはらさせての彼女の持ち掛けに、美爪術は「まるで夢の様ッ！」目をパチクリ、今にも机に躍り上がり、舞い始めん勢い、少女の如く瞳を輝かせ、声高らかに答える。

「其れッ名案ッ！　遣ってみようかなぁ〜。なぁんか私も、お母さんとなら上手く行く気がするぅ〜。そぉうだッ、序(つい)でに、インターネットなんか活用しちゃってさ、ブログ開設(つく)って、宣伝しまくっちゃおぉよッ。何だか、楽しくなってきそうッ!!」

　考えて居た以上の手応えの良さへ、面喰らいつつも、オバタリアンは更なる進展に吝(やぶさ)かでない様子。

「そぉう？　本当かい⁉　そんなに喜んで呉れるんなら……だったら、思い立ったが吉日って言う位だから。早速、今日から……うーん……たった今からッ！」

　此の話を聞き終えた途端、「賛成！　賛成！」と、跳び上がらん迄に軀(み)を乗り出し、天をも劈く程の大音量以て連呼し、燥ぐ美爪術。そんなはっちゃけ砂利(じゃり)女の耳元へ、声を潜め、中年女は尋ねる。

「ところで其のぉお、さっき言った、何だったかしらねェ……えェ〜其れは、そんな便利なモノ……なの？」

「あァ〜、インターネット？　そりゃぁもうッ、あっと言う間に、世界の果て迄、津津浦浦、宣伝出来ちゃうんだからぁ〜ッ！」

「そうなのかい？　其の、某(なにがし)ネットってのは……そう云う代物なのかい？」

　オバタリアンは狐に化かされた様な、ずんべら坊主の容貌曝け出した儘、更に続ける。

「何だかよく解らないだけに……それに、巷じゃあねぇ……新聞にも載ってる様な、ほらぁ、何やら恐ろしい話が有るでしょう？　……本当に、大丈夫なんだろうねェ〜？」

「大丈夫、大丈夫ぅ〜。あれはぁ、あっちもこっちも首突っ込むから、ああ成るのよォ〜う。だから、使い方さえ間違わなければ、大・丈・夫・よ」

疑懼を宿した眼差し向ける似非母を安心させようと、擬娘は繰り返す。

「お母さんたらぁ、大丈夫だってばッ。もぉぉう」

「そんなものかしらぁ……。だけど……やっぱり心配。だってそうじゃないかい？　こっちが幾ら気を付けていたって、相手が在る事なんだからぁぁ……」

「うぅーん、そうかも知れ無いけどォォ……、もぉう、やっぱお母さん心配し過ぎだからァ〜。まあ、要するにィ、使い方次第、って訳」

それでも猶、半信半疑の面持ちを目睫に、二度「妙案考え付いたり」と許り、美爪術はニンマリ。「何だい？」と素っ頓狂な面、憚る事無く見詰め返す中年女の其の眸を、まじまじと見据え乍ら話し出す。

「そうだッ、そうよッ！　一層の事ッ、資格制度を作って、免許を持つようにしちゃえば良いのよォッ。そうそうッ、丁度、運転免許みたくッ。そうすればぁ、お母さんの心配なんてェ、瞬く間に綺麗さっぱり吹き飛んでッ、無くなっちゃうからァ〜」

斯うした自分の声付きへ、陶然として聞き惚れた儘に天井を見上げ、「我乍ら賢い」なぞと胸を張ってしたり顔。誇らしげに宣言してみせたそんな美爪術へ、オバタリアン、瞼に映るは其の先に広がる夢世界。其処へ陶酔するかの如く、只々、詠嘆、賛美の首肯きを繰り返すだけで在った。

だが然し、いや、やはり、是ら二人だけの創案をびりびりに引き裂き、希望（ゆめ）を追い求める母（おや）娘（こ）の童心を木っ端微塵に打ち砕くは、果して、先程来、口を噤（つぐ）み続けて居た彼女で在った。

「貴方達の是迄の、永きに亙る其の会話は……深い考えが有っての事とは、私にはどうしても、感じる事が出来無い」

（哲学さん……何とも、素っ気無い）

然し、物言いとは裏腹に、其の表情は何処か哀しさを醸し出し、寂しげに見えた。

「なァにィ？　又ッ、私達の大事な話に茶々入れる心算（つもり）な訳ェ〜⁉　なァにさッ！　このッ偏屈女（め）ッ‼」

「それから……要するに、あんなモノをし無ければ宜しいだけの事。元来、人類に、あの様なモノへ現（うつつ）を抜かして居られる程の刻は、抑が無くってよ」

童児（どうじ）顔負けの憎まれ口なぞ物ともせず、いや、寧ろ一顧だにもせず、持論をきっぱりと述べた。其れは実に凛とした、真っ直ぐな睛の横顔で在った。

一方、苦虫を噛み潰した様な顔の女。此の憂（う）さ晴らさで置く可き哉（や）、と其の儘に、

「安全な方法でッ、使う事が前提でッ、のッ、話ッ、してるんですけどォォ〜ッ！」

舌をチロリと出したらば、アカンベー。

（……安心、安全だとか……人はよく口にするけれど、其れって、……何だろう……？）

建前上は主人で在る筈の斯うした彼の心の中の独り言なぞ瑣末な事よ、と許り、幼稚成る愚行を重ねる彼女へ加勢するが如く、オバタリアンが任侠道宜しく口を尖らせ、凄む。

「何だいッ⁉　さっきから聞いてればッ、又々お高くとまってッ。一体ッ何様の心算だいッ！　小難しい話許りしてッ。あんたッ、大体ッ、其のぉ〜、ブログ？　ネット？　インター何たら？　に詳しいのかいッ？　それに、年がら年中、そんな難しい顔ッ、してんのかいッ？　疲れやしないのかい、眉間に皺寄せて……」

語尾には、そこはかと無い皮肉の籠められた憐れみが、窺い知れた。

（いやッ、其れはだ、あんた達が顧みる事無く好き勝手に喋り散らし捲って……何一つ真面に言えて無い癖にッ……不快にさせてるのは……あんた達だろうが……）

けれど、何かを理解しようともし無い件の女は、金棒を得たりと、孤高の女士へ悪態をつく。

「そォ云う事ッ！　このッ、唐変木ッ！」

是迄、寸分の躊躇いも感じる事無く曝け出してきた二人の、慎みを欠いた言動の数々、及び、甚だしき見苦しさ伴わせた紛いの母娘の絶妙成る意気投合っ振り。是らは、何ともはや、賞賛に価する。

（……此の嘆き、嘗て神魂と謳われしものの、言わずもがな、厭味ぞ）

と、慈愛は心の内で毒突いた。

是は、一体、誰に向けた言の葉で在ったか。彼（かの）、似非母娘（おやこ）か。其れは、果して真実か。本当は気付いていたのではなかったか。己へ向けられた揶揄で在る事を。

一方、けれども哲学さん。憤りを抑える為か、それとも只、単に、此の茶番が莫迦（ばか）らしく、辟易しているだけなのか。将又（はたまた）、ああ云った二人の様な人間へ、最早、絶望しか感じられなく成って終ったからなのか。其の真意を知る術（すべ）は無いが、兎も角も、窓の外を見据えた儘、黙して居る。空を打ち眺めて居る。じっと、小さな世界を見詰め続け、其処に存在（ある）のみ。

そんな、毅然とした彼女の引き締まった花唇（かしん）と、そして凛々しい横顔。

其の時、卒爾、閃光発し、慈愛の脳裏に迸（ほとばし）った刹那の事、過去の記憶が双眸へ映し出され、鮮やかに蘇る。

そう、あれは、彼が大学を卒業した、あの入社迄の春の閑暇（かんか）。啓蟄の雨後に在る、茫洋たる蒼天をふわふわと軽やかに漂い行く白雲が、春影（しゅんえい）に照り輝く。是を眇視し、見霽かすあの宇宙（そら）を此の手で描く事が出来るので有れば……と。

（八万……いや……十万だった、かなぁ？　絵画講座……）

三日坊主で終わった通信教育の受講料金。

（何で突然、絵画教室⁉　軽率過ぎやし無いか⁉）

どうして此処でこんな時に、と、不謹慎な振る舞いを弁（わきま）えつつ、まさしく此の瞬間にでさえも何かを、例えば〝憤る〟〝憐れむ〟と云った感情を、だろうか。斯うした情念其れらを、何らかの方法、手段からに依って表現してみたい、と考えているのではないか、と気付き始めているのでは、と。

本当は、ずっと以前から、勘付いて居た。

「まあ、あの出費は、如何ともし難い……空振り三振！　に、終わったよなぁ〜。結局、道具一式、真っ新の儘で押入れに仕舞い込んで……フフッ……」

どうにも捨てる気に成れなくて……なぞと、ぶつぶつ。

と、不意に其処へ。

「何か、御用向きに御座いましたでしょうか」

傍らへ控え在る矍鑠たる紳士が、静謐な声音を以て尋ねた。

（――‼）

咄嗟に軀を仰け反らせつつも、若君は其の郷愁の声へ、慌てて頭を振った。

（あぁ、喫驚した……そんなに大きな声、出してたかなぁ？　こんな時にだけは……）

それとも、迚も人前では見せられない程ずぼらな、何ともだらしない人相を曝け出していたのでは。と、考え付いた途端何だか尻の辺りが妙にむず痒く、居ても立っても居られなく成り、其の輪郭を確かめでもするかの様に、はしこく顔の彼方此方を両手で以て無闇矢鱈と撫で捲った。

そんな、愚にも付かぬ事柄へ迂闊にも時間を惜しげも無く費やして終っている昧者を尻目に、件の鼎談は、其の劇しさを増し乍ら続けられていたので有る。

「先程から、勉強、勉強、と仰ってますけれど、本当に理解っていらっしゃる、のかしら？」

黙りこくった儘、睚眥する贋物母娘を睥睨すると、

「抑、学問とは、真の其処こそを識る為の智識を得る為で有り、是を糧に、自身が自身のみにて考え、智慧とし、享受する」

斯うした、遉と言う可き持論を展開してみせたのだった。

傍若無人の如くに見えた是迄の二人が、此処で初めて怯んだか。いや、それでも猶、根拠の無い自信からなのか、それとも只の負け惜しみなのか、案の定、判然とし無い儘、哲学さんをじっとりと睨め付けて居る。

そして、此処でもやはり、不敵たる二人は、何やらひそひそ話を始めた。

誹謗中傷——。

想像するは、容易い。

（はぁ〜、是って、会議、の筈……だったよなぁ〜？）

と、主座は二度溜め息をつきつつ落胆した。

そんな心境等、御構い無し、まあ、あの義母娘が知る由も無く、況して考慮する筈も無く、義娘は狼狽気味に吠える。

「解ってるわよッ！　それくらいッ。だから、トリミングの方法をッ、お母さんから教わる話ッしてんじゃないのさッ！　あんたこそッ、私の話、ちゃんと聞きなよッ‼　フンッ！」

「そうだよ、全くぅ〜」

と義母が続く。

是へ、才女、伏し目勝ちに返す。

「貴方達の会話を聞いて居ると、もう、愕然とするしかないわね。本当に、貴方達を見て居ると、心から、哀……憫……を……」

一体、何を話そうとしたのだろう。最早、語尾は聴き取れず、遠く見霽かすかの様な眼差しで、言の葉をついた其の吐息だけが、慈愛の肺腑を焦がした。

と、其の刹那の事。何時何時も毅然たる態度を崩す事の無かった哲学さんが、項垂れ、俯いた切りに成って終って居るではないか。

（エェーッ！　あのッ、刃金の才媛がッ……！）

吃驚に喘ぎ、瞠目し乍ら面喰らって居る冴えない男になぞ目も呉れず、中年女。

「それにぃ……」

と上目遣いで、才女の様子を覗き込む風に、訝しがり乍ら話し継ぐ。

「なんなんだい、出し抜けにぃ、〝愕然〟だなんて小難しい事口にして。何だか偉そう振って聞こえやしないかい⁉」

「そうだよッ、このッ唐変木ッ！　お母さんの言う通りッ！」

「難しい言葉を並べ立てればっ、立派だと思ってるのかいっ⁉」

「……で、どう云う意味な訳？」

と美爪術、仇敵、睨め付け牽制しつつ、オバタリアンへ質問した。

「つ、詰りッ」

態とらしい程の大きな声へ、「うん、うん、詰り⁉」と云った表情で、固唾を呑んで待ち構える。

「詰りっ、〝驚いた！〟って事なんだろう？　だったらぁ……」

此処からは任せてよ、と許り、差し出がましくもじゃじゃ馬が話を引き継ぐ。

「詰りィ、こういう、こ・と。『あぁーッ、おっどろいたぁーッ！』で良い訳ッ、よねェッ！」

「そぉうッ！　そう云う事よぉ～う！　もぉう、何だかっ、腹立しいぃったらっ有りゃしないッ！　ってもんだろぉう？」

不敵な娘の念押しへ、透かさず母が熱り立って応えた。

「ほォ～んと、これだから教科書ばっかり読んできた、御勉強しか知らない優等生ときたら……インテリ⁉　って言うんだっけ？　自分だけが別モノみたくッ。あぁー、ヤダッヤダッ。御高くとまんなッつうぅ～のッ‼」

まあ、或る意味別モンだけど、と云った当て付けがましい風貌で挑む二人は、太々しくも、そうよ、そうよと意気投合、首肯き合った。

「ま、何だよ、あれだよ、全くぅ～此の女は、そんな堅物じゃあ、あんた、あれだ、行き後れちまうよっ」

似非母娘は如何にも合点がいった顔付き是見よがしに、項垂れた儘の才女を見据えて居た。

責任者で在る青年には、どうしても二人の面が、勝ち誇った高笑いをしている様に見えて仕方が無かった。

（いや、違う、そうではなくて、只、彼女は、無類の読書家なだけ、なんだ）

此の時許りは、どうしてだか、慈愛には言い切る事が出来た。其処に根拠成るもの等在る筈もなく、言うなれば、直感。そんな機微に触れただけの事だ。

けれども、斯うした事柄とは全く別の問題として、現状は、是はどう見ても、会議ではない。明言出来る。

然し。

（オバタリアンと美爪術の科白を聞いて居ると……俺にも……）

嘗て、思い当たる節が有るのではなかったか。ああした考えを持ち続けた経験が有った筈だったのでは、と。

次の瞬間。俄に後ろめたさが胸臆へどっと押し寄せ、動揺が走ったならば、彼は思わず知らず俯いて終って居た。

――浅はかな下卑た神魂を孕んで在る。

(今でも俺は、同じ、と云う事なのかな……)

偏見と先入観と。是らの塊で出来上がった品性。何一つとして変わっていやし無いのか……。

慈愛は今更めいた事柄へ自責の念に驅られ、今更らしく嘖まれて居るのだ。そんな、自己への偽善と欺瞞と云う名に相応しき胸宇へ、やっと目を向ける気に成ったものなのかどうか。

(噫乎……俺自身も又、大して変わりはないのかもしれないな……)

溜め息が零れた。

(だけど、此の〝感悟〟とでも言うのだろうか……此の、変革の様な、ざわめきは……一体、何だ……?)

世間で良く口にし、耳にする〝変わった、変わらない〟とは何かが違う。そうではなく、もっと根本的な何か。心理的な事象。意識が啓(ひら)き、精神が別の時空、空間へと移動を試みる、と云った、何処か異質の世界を漂ってみる。そんな、変化。

斯うした、どうにも名状し難い物事が神魂の深淵にて興る。

そうした、心境――。

(彼女は、哲学さんは、きっと、悪意と善意や好意と敵意も、是らを含めた他人(ひと)の意思が一時(いちどき)にどっと押し寄せ、流れ込んで来て終うんじゃないだろうか。若しもそうなのだとしたら……何時も、苦しくて……)

若しも、他人と何もかも解り合えて終うなんて事が有ったので在れば、きっと其れは、不幸と云う悲運の始まりなのではないだろうか。だって、そうではないか。其の人は、他人の懐いや夢、考えの全てを理解し、把握して終うのだから。容赦無く。自分の意思とは無関係に。止め処も無く、継続的に、何時終わるとも知れず。

解らなくて良い事、解らないから良い時、解らない方が幸せで有る、真実。是ら全ての事柄が解って終うので有ったならば、其れは、字義する処の、まさしく、生き地獄。

人間は、何モノとも解り合えない様に出来ているのではないのか。

是が、是こそが、人類が人類で有るが故に享有して終った、〝主観〟と云う事象ではなかったか。

だからこその〝社会〟。是を創造し、あらゆる手段。例えば宗教、最たるは戦争、と云った試みを驅使し、頑に、頓に、護ろうとして来たのではなかったろうか。

国家、或いは、国体と云うもので、思慮する、又は斟酌するの如く、我が身を護り続けて来たのではないだろうか。

人間は、一切の存在と〝解り合い〟を追求し続けるのでは無く、互いの〝真〟を見据え、受け止める『覚悟』の認識。此処こそを真剣に、追究して行かなくてはならないのではないのか。

何時の世も、其の刻、其の瞬間、善かれと考え成す事に、嘘偽り等有ろう筈も無く。只、皆、趣意異なるが故に、又、移り変わり行くが故に、争いが絶えぬのかも知れず。

時に、善意成るモノ、仇成すか。


(何時の日の事だったろう……)

のどかが言ってた――。

「ねぇ、慈君。歴史的偉人達は、『万人を愛せ』と言い遺しているの。……憶い出した？ うふふ……」

(大学での講義の事を言っているものだと許り……。でも、現在なら解る気がする。だからだろうか、あんな小洒落た科白なんか口にしたのかも知れ無いな)

だからこそか。哲学さんには解って終う。絶え間無く他人の、人寰の、本当が雪崩れ込んで来て終うに違いない……。

慈愛はそんな、何時ぞやの面影と重ね、妙な心持ちに成る程の明瞭たる思考を脳裏に浮かばせつつ、

「み、皆さん。聞いて欲しい……こ、此の会議は、『夢を見るとは、どう云った事なのか』に就いて話し合う、其の為の、集まりなんですよ……。ですから……そ、其れに基づいた、もう少し深みの有る、と言いますか、先が有る、内容の話を、して、欲しいのです……」

と、どう云う訳だか、自分でも驚く程の立派な持論が、如何にも主催者らしく、口を衝いて出てきた。又、此の時、何時とはなしに、面を上げて居た。

思い掛け無い我が声音、自分の発したものとは考えられ無い程の逞しさ。そんな声を耳にした本人が一番に驚惶ふためき、更には、後悔の情が追い打ちを掛ける。

此の衝撃は、若しかしたならば、初めて自分自身の言葉が音声と成って表れた出来事へ、で有ったかも知れ無かった。

とは云うものの、一度、発言して終ったからには、腹の中へ収め直す訳にも行かず。果して、どの様な展開に成って行くもので在ろうかと、抱え切れぬ位の不安を胸に、固唾を呑んで、暫し待つ。待つしか、手は無かった。

やけに静まり返った会議室。そんな中、主は目を屡叩かせ乍ら口は真一文字に。状勢を見守って幾許――。

不意な事。

「例えば？」

中年女の其れと思しき嗄れ声が、唐突とも聞こえる質問を響かせた。

「ヘッ⁉」

何とも素っ頓狂な声、是へ美事に調和の取れた間が抜けた顔。駭遽を絵に描いた様な態度で応対して終った主宰。

其れを目にするや否や、舞台役者宛ら張りの有る、やや甲高い声色が、言葉尻を捕らえ嚙み付く。

「だからさッ！　先の有る話ってッ、何ッ？　って事ッ！」

継母からの疑問を代弁したは、あの派手女だった。

片や、此の的を射た問へ直ぐに答える事が出来ず、まごついて居るばかりの若君。其のもごもごとさせるだけの口元を歯痒がり、業を煮やしたものか、中年女は、

「あーもぉう、焦れったい男子だねぇ〜。要するに、まるで、あたし達の話はどうでもいいみたいに聞こえたからぁ」

と、意味深長な一瞥投げ、一拍置いた後、話し継ぐ。

「あんたは、只、ぼぉーっと坐ってるだけかと思ったら、随分と立派な事を言うもんだなぁぁと、感心しちまったもんだからねぇ……尋ねたんだけど、あたしゃ」

皮肉をぷんぷん匂わせた科白に同調を促すかの様な喜色溢れる顔を継娘に向け、にっこりと笑った。すると其れへ報える可く、

「そういう事。例えば何ッ？　ってお母さん聞いてんだからァッ、黙ってないでッ、さっさとッ答えてみなよッ！」

と啖呵を切ってみせたならば、透かさず見得を切るかの如く、主催者を睥睨した。

（えぇッ‼　揚げ足を取られた揚げ句……何だか……悪者扱い⁉）

鼻白む慈愛。

（きっと今の俺は、目を游がせ落ち着かない儘、向かいに坐る四人の顔色を窺って許り居たに違いないんだろうな）

彼がおどおどし続けて居るのを好い事に、早速、美爪術は、一枚板で出来上がった机の上へ身を乗り出し、催促の態度を露にした。

其れに気圧（けお）された儘、苦笑に引き攣（つ）らせる口元から、

「た……譬えるなら……た、魂に就いて……だとか……」

と、零れた苦し紛れの話し文句は、徒（あだ）に成るより、寧ろ藪蛇と成った。

「へぇーっ。あんた、顔に似合わず難しい言葉知ってんだねぇ～。魂だなんて。あんたもあれかい？　誰かさんの一種なのかい？　其方（そっち）の側なのかい？」

そう言い乍ら、オバタリアンはちらりと彼女へ一瞥を与えるも、直ぐ様、主へ向き直って話を続ける。

「あっ、言っとくけど、あたしは褒めてるんだからね。それで、子供達に一つ聞かせてやりたいから、教えてお呉れよ、其の、魂ぃってもんの何とやらをさぁぁ～」

「そうよ、そうよッ。私もッ、聞きたい聞きたいッ。話の種に聞かせてよ、ねッ！」

中年女と派手女との、何とも意地悪げな人相。蔑み、嘲り、そして無神経さを孕んだ好奇に、目は異様な程細く湾曲し、其れへ似付かわしく口は弛（ゆる）み歪んで、醜い情念を諷示（ふうじ）している様に

彼の双眸は捉え、映し出して在ったのだった。

是ら眼前へ広がる場景に、

（ど、どうしよう……どうしよう……）

口は禍の門――。

困り果て、行き詰まり、返答に窮し、妙な汗をかき乍ら、上目遣いで二人の様子を窺う事が精一杯。

と、此処で、不意に、どうしてだか、未だ傍らにて姿勢を崩す事無く屹立し控える老紳士へ、恣意的な、いや必然的か、慈愛の視線は向かう。

（そ、そうだ！）

卒然として或る考えが閃き、脳裏は迸る。

其の刹那。

「はい、御呼びに御座いましょうか。何なりと御申し付け下さいませ」

老紳士は、ひらりと見事に応じて見せた。

（ヘッ⁉　あ、あれッ⁉　……今、思わず声に出してたのかなぁ～？）

と訝しむも、矍鑠たる執事に誘(いざな)われるが儘に。

「あのぉう……コホンッ。じ、辞書って……有る⁉　……訳、無いよなぁ……」

霞み消え入る言下を待たずして、

「辞書に御座いますか。畏まりました」

「えっ⁉　有るのッ！」

心が躍り踊る。

「御安い御用に御座います。只今、御持ち致しますので、少々の御時間を戴きます。悪しからず。では、早速に」

駄目で元々が、思わぬ展開へ。

(良しッ！　好いぞっ！)

期待を胸に、老紳士の背を見送る。

噫乎、あの扉の向こう――。

あの奥の部屋には、きっと夥しい数の書物で隙間無く埋め尽くされ、整然と並び納められた書架達が聳峙し、紳士、並びに、淑女の来室を迎え入れる。そんな世界が茫洋として広がって在るに違い無いのだろう。

(良し良し。付きの女神は離れてない！　辞書さえ手に入れば……)

縋り付く想いの中、逭は永きに亙り仕えてきただけの事は有るものだなと、慈愛は改めて彼を賞賛した。そんな執事を心強く感じ乍ら、夢と希望を抱え、そして、双つの眼きらきらと輝かせた無垢成る少年の如く、俟つ。俟ち侘びる。数多の蔵書で溢れ返っているであろう、あの一室とを遮って在る閉ざされた扉が、二度、開け放たれん事を、鶴首して熟視する。

だが、然し、此の刻、主は何の前触れも無く、異質の何かを察知した。何とも言い知れぬ、此の圧力。重苦しい空気が、此の部屋を満たそうと、じわりじわり立ち籠めて行き、其の異様な雰囲気従え、不穏な様相を呈する。

鳩羽鼠色した暗雲が雷鳴引っ提げ、迫脅する。何たるおどろおどろしさ。確実に沸々と湧き上がって来るのを、彼は緊と懐裡にて感じ取る。肺腑を搖るがす其の恐竦。

(なっ⁉ 何だッ⁉ 此の、戦きはッ⁉ 一体……正体は？)

攻撃的で外圧剥き出しの殺氣。是は、有態に〝凶器〟と、敢えて呼ぼうか。

そうだ。そうなのだ。あの男の気配、我執の臭いなのだ……。

慈愛はそう直感した。

決して忘れて居た訳では無い。件の厳格親爺の存在を。けれども、其の威厳に満ちた実感を圧倒的正義の元、矢庭に頭を擡げさせる程の威圧感。何たるや此の唐突さ。

心の縁、隠れ処で有る扉の向こう、書屋に在る彼の神魂を其処から引き摺り出し、此の現況へ引き戻させるに十二分。

滑りとした傲慢と云う詭弁、強弁を、理不尽極まりない偏見を、是ら纏わり付かせた男の絶対的存在。ひたひたと彼の脳裏へ、胸裏へ、肉薄する。

異様な波動が会議室の空気を掻き乱し、恐慌を確実に呼び醒ます。

奇矯さ暗示させた正義漢の、閉ざされていた筈で有った禁断の門が、堅硬な鎖断ち切り、今、正に、開かん。

「大人しく、聞いて居ればッ、無駄口許りを叩きおってェェェ……！」

肝を潰し、青く成る迄に、地の底より湧き上がる大王の唸りにも似た其の絞り出す声が、じわりじわりと精神を追い詰めて行くが如く、辺りを、いや、四人を、ねっとり睨まえて行きつつ、言葉は綴られる。

「貴様らの様にッ、一人前に権利を主張する事だけは憶え、無責任にも其れをッ、振り翳(かざ)し、振り回す事しか知らずッ。挙げ句が、散らかし放題が専売特許の大衆共ッ‼ とッ、女だてらに哲学染みたものなんぞに現を抜かし、且つッ、是を楯に孤高を演ずる様な輩(やから)がァァーッ‼」

俗物奴ッ！ と言わん許りの目付きは、一つの僻見(へきけん)で有ろう。然しだ、本人は其の事に丸切り気付いていない。いや、気付く訳も無い。

なぜならば、是こそが、彼の〝正義〟なのだから。

そして、更に怒気が増し、語気は荒々しいものへ。

「いいかッ、此の儘どれ程の時間を費やし、話を続けようがッ、御前達の様な烏合がどれだけの数ッ集まったところでェッ、暇潰しにしかならんのが関の山なのだァッ！ 何もォッ！ 一切ィッ！ 建設的な事柄なぞォッ、生まれてはこんのだァァーッ‼」

其れはもう、見る者悉くを顫(ふる)え上がらせる程の明王宛らにして紅潮させ、荒れ狂い、罵声を言い立てた。

声を荒らげて迄の張り上げた非難は、或る観点としての着目からしたならば、言い得て妙。此の狷介親爺、侮る可からず。

勧善懲悪旗印、断固として言い放たれし捨て科白。是には主も何も言葉が浮かばず、自分は只、執事を俟つ身で有るのだ、と云った態度を装い、顕示し乍らも、凄む正義漢と出来得る限り目を合わせまいと努力し、気配を押し殺して自身の存在を匿った。

他方、天下無双の姦し母娘に才色兼備哲学さん、然しもの三人とて又、全く以て歯が立たぬ儘に面喰らい、目を丸くする許りで押し黙り、仰け反って居る。

果して終に其の刻は来た。鬼面が矛先其れは――。次なる糾弾対象へ。そう、言わずもがな。憤怒に剥いた目玉が不気味な迄に鋭く、そして、緩と注がれ行く。

此の、恐怖。

(げげェーッ!　こっち向くなッ、向くなァーッ‼)

恐動する中、心中で懸命に拝み倒した挙げ句は、虚しく泡と帰して、儚くも此の願い、天には届かず。

(ギャアーッ!　むッ、向いたァーッ‼)

言い知れぬ重圧に気押され、打ち拉がれた其の神魂へ、追い撃ちが如く怒声轟く。

「そしてッ、貴様ッ。此のォ、木偶の坊がァァ!　そうだ、貴様の事だァーッ‼　好い年した男がッ、こんな所で何時迄も油を売りよってェッ。誠にィ、怪しからんッ。御国の為に、聢りッ働かぬかァアーッ!!　オマエの様な青二才がッ、善良な人間の着包みを粧し込んだ者がアッ、一番ッ、危険なのだァアーッ!!」

そして、顎を剔って見せたならば、一瞥呉れて遣り、直ぐ様、言葉を継ぐ。

「此の女も同様ッ。斯うした思想家が、いやッ、其の真似事だからこそォッ、国を亡ぼすのだァアーッ!!　実にィイ、忌ま忌ましき事態ではないかァッ……!!」

（うげぇぇぇ……）

最早、閉口するしか赦されておらず、慈愛は呻くのがやっと。だが、是は寧ろ、幸運と言う可きだったか。

喉の奥から肉薄する獣の如き唸り声。そして、主催者の顔面を露骨に射す其の人差し指とが、容赦無く彼の心臓を抉り、刺し貫く。

是迄の間、四人の言動と動向へ危惧を憶えつつも沈黙を頑に守って来たが、堪え難き会議の雲行きへ苦り切る正義漢。睨み据えるだけの我慢も限界へ。程なくして、終に因業者の苛立ちは大爆発。物凄い剣幕で、憤懣を一時に打ちまけたのだった。

（……最悪だぁぁぁ。……何処にでも居るよなぁ〜、こういうの。……会社にも。上司とか、先輩だとか。正義感魂の塊、って言うんだっけ？　はあぁ〜ァ、あんたこそ危険人物だよ……）

件の男の威圧へ怖気立つ中に在ってはもう、皮肉を籠めた胸中を、そう独り言つのが精一杯だった。

だが、心労堪えない主を尻目に、無情にも反撃の狼煙は上がる。

「ずぅ〜っと、黙ってた癖にぃぃ、突然口を開いたかと思ったら怒鳴り散らしてさぁぁ。何なのさッ、偉そうにぃぃぃぃ！　男ッってのは、直ぐこれだからっ！　噫乎、嫌だ嫌だ。はぁぁ〜っ、あんたみたいな横柄な危険物の『取扱説明書』って無いもんかねッ!!」

「ムフフフ……お母さん、それ、ウケルぅッ！　アハハハハハ」

と、間髪を容れず莫迦笑い。

（おいおい……何て言い種を。……あぁ〜あ、其の儘、黙ってて呉れてたら良いものを……）

目睫に在る二人を見ていると、慈愛には本当に其れらが莫迦面に見えてくる。其の為、あれら南瓜は彼を一層草臥れさせ、彼の胸を塞ぐ。火に油を注ぐ事態へ成り兼ねないのではと、目も当てられない場景を眼の当たりに。

（大丈夫……なのかぁ……？）

今直ぐにでも、此処では無い何処かへ逃げ出したい衝動へ驅られ、そわそわして落ち着いてなぞ居られやし無い心境の主催を余所に、オバタリアン、初めて真面に彼の双眸を、選りに選って、

（こんな時にだけ……）

捉えたならば、互いの視線が合わさるが早いか、出し抜けに話を振る。

「ねぇ、あんたもそう思うだろう？」

（えッ⁉　えぇえっとぉお～うぅ……）

沸騰直前の薬缶の如く、顔面のみが妙に熱く成って、今一つ具合の思わしく無い腑抜け野郎へ、中年女は恬然として言い継ぐ。

「ちょっとぉおう、聞いてんのかいっ⁉　だからさぁぁ……」

一息序でに改めて彼の両眼を覗き込む風にし乍ら、更に言い募る。

「あんたねぇ～、他人の話はちゃんと聞いとくもんだろぉう？　全くぅぅっ……。だからっ、ああいう面倒臭いっ人間の、扱い方法、有ったら良いと思わないかいっ⁉　って話してんのさぁぁ～」

（ドキィーッ！）

図星を指された。畏る可し。

「…………！」

零れる吐息は絶句也。

（えぇーと……ど、どうかなぁぁ……）

不都合から遁れようと視線は逸れ行く。其の蚊の鳴く様な応答へ業を煮やすは必然か。

「お母さん、そぉんなヘタレ、駄目だってばぁ！」

と、慈愛を一睨み。

「烏合呼ばわり迄されて、なぁんにもッ言い返せないような男ッ。フンッ！」

真（しん）に迫りしは莫連哉（ばくれんかな）。

「善くもォッ、莫迦にしてくれてェーッ！　怨（うら）み晴らさで置く可き哉（や）ァッ!!」

遉、と言う可き自称女優たる迫真の演技か。美爪術、何処かで聞いた風な科白回し発したらば、矢庭に俯き、何やら手に持った物と睨めっこをし始めた。

「えェ〜とォ……厄介。おっさん。ト、リ、セ、ツ。でもって、検索、検索ゥ〜とォ……ムフフフ」

大きな独り言を口にしたかと思えば、期待を胸に、含み笑いで唇、歪める。

（……って云うか、んんっ？　あれって……スマートフォン!?）

何時から所持して居たのだろう。何と、検索をして居たのか、此の女は！

いや、そうではなく、其処ではなく、抑、おっさんのトリセツ等と云った代物が売っている訳が無いのだ。見付かりっこ無いのだ。そうなのだ。在ろう筈が無いのだ。

「ウッヒャァーッ一件ヒットォーッ！　ニャハハハ。私、冴えてるッ。嫌（や）だァッ、しかもォ、本日発売ィッ！　コレッ絶対ッ買いでしょッ」

——噫乎、無情。いけずな人工知能様（おまえ）。調べ上げたは御前で無し。

「あらっまあぁっ、本当かいっ!?　嬉しい話じゃないのぉ〜」

どれどれ、と愉色たっぷり、横から覗き込むオバタリアン。手の平程の画面の前へ、雁首揃えた恰好で話を続ける。

「本当ねぇえっ！　しかもぉっ、今、頼んだらっ、『即、御届け！』だなんてぇっ‼」

「そうそう！　そうなのォッ。それにイィ、現在ッ話題の超有名人ッ、あの取説専門家の『美島醜明』よォッ！　ぱりッぱりの東大卒ッ。首席よォォ、首席イッ‼」

　きゃっきゃっと燥ぐ美爪術。

（……一体全体、誰だよ其れ……其の人物、何時の人？　……居た？　……何だか、色々と混ざっていやしないだろうか……）

「そうだ、憶い出した。此の薄っぺら機械。家の娘も持ってるわよぉ～」

　何を唐突に、と云う風に僅かに訝しむ派手女。〝薄っぺら〟と云う言い方へ引っ掛かるも、其れが妙な事に、ウケた御様子。何とも締まりの無い口元から白い歯を覗かせ乍ら、中年女の話へ、又、耳を傾け直る。

「こぉんなに便利なもんなんだねぇ～。こういう事迄、手軽に出来て終うんだからぁ、大したものさぁ～。変われば変わるものねぇ……。へぇ～、今の世の中、良く成ったわぁぁッ」

　と、オバタリアン、詠嘆の意を尽くした。

　其れはそうと、さっきの何処ぞの某さんって人……誰だっけ？　と云った表情を向ける継母の疑問詞なぞ一顧だにし無い継娘。

　然し両人、瞬息の間には、「あんたも当然そう思うよね」、異論を唱える選択肢等有り得ないと許り、既にして至福の世界へ精神は旅立って終って居た。

「ははは。ははは……」

主催者にはもう、笑うしかなかった。

取扱説明書専門職成るものが、そして、云うなれば〝究極の説明書き〟が、まさか存在していようとは。

（いや、違うぞ。そうではない。……主催する側として、是は、どうにも納得出来る事柄ではない。何処か、おかしい……況して、是を甘んじる等、以ての外ッ！）

忌避す可き件の親爺が如き狷介さ。そして、けれども其れらとは背反する、嬉しくて心が躍るどうにも抑え切れない気持ちとが同時に芽生え、慈愛の胸臆で同居し、やけに煩悶させる。

姑息な空笑い等では、引き攣り強張った其の頬を解す事、決して能わず。

然し、最早、あの二人の『夢の国』常態化して終って在る現状へ、

――脱帽。

しか有るまい。

文明の利器成る代物を、夢中で弄くり回し、一心に覗き込む似非母娘は、やはり無敵で有ったのだ。

さて、辞書を取りに行った筈の矍鑠たる老人は、現在、何処でどうして居るのやら。未だ帰還らぬ側勤めの勇ましき後ろ姿へ、恃む、と見送ったは、はて、何時の事で在ったろうか。

脳裏に浮かぶ執事追いし若君。気が付けば、祖父の面影も又、遠くなりけり。

「はぁ～、此処、何処なんだろう……？　そして、俺は一体……誰？　なんだ……？」

と、気付けば今更にして此の室での最初に抱いた至極真っ当な疑問を、或いは、違和感と言う可きかを、独り言ちてはみたものの、心が晴れる訳も無し。何彼につけてどうにも名状し難い沈鬱さが、ねっとりと身魂に纏わり付く事へ、好い加減、辟易し乍らに、独り、只々、呻きを零すしか出来なかった。

そんな、神経衰弱に罹かって居る彼の神魂を揺るがし、其の脅威に因って肺腑を締め付けてくるかの様な、加え、引き裂く程のあの中年男の怒号が、いや、正義漢の懇願の悲痛成る叫びが、終に、満を持して天を劈く。

「おおぉぉぉうッ、神よォッ！　何たるやぁぁぁッ……世界は是程迄にッ、無慈悲で有ろうとはぁーッ！　現在ッ正にぃぃッ、人類の存亡の機に在ると言うにィィッ！　我らが未来を危ぶめんとす此の現況に於いても猶ッ、我が心眼へ映るモノッ」

此処で、気でも狂って終ったものかどうか、前触れも無く跳ね上がって席を立ち、宇宙を羨慕した。そして、何処かしら役者振った声音を以て、そこはかとなく誇張された科白染みた語句が発せられる。

「一体ッ、何なのだッ！　此のッ、突き抜けん許りに茫洋たる青き空はァァァッ！　全体ッ、どう云った事象なのかッ、其処にそうして有る、圧倒的存在たる眩む程の熱視線にも拘らず、優しく降り注ぐ此の柔らかな陽射しはァァッ！　そして……どう云う理由からなのだ、是はッ。なぜッなのだぁぁッ、是程迄に澄み切った心地好き爽やかな風がッ、吹いて終っていようとはぁぁぁ……おおぉーッ、尊厳よォォッ、今こそ我にィィ、慈悲をッ‼」

取り憑かれでもしたかの如く、辺り構わず喚き散らかすと、此の尋常を逸する言動に因り、水を打ったように張り詰めた気色の中、両腕を天へ掲げた姿勢の儘で、佇む。

其れは、永遠とも感じられる程の情念成る重圧。然し、是は、僅か一瞬間の出来事で在ったか。

刹那有って。

項垂れ、其の儘、役目を終えた糸操り人形の如く崩れ、其処へ蹲って終った。

是は、土塊か。それとも、何かの蛹、或いは繭だろうか。

正義一辺倒、一転。いや、そうではなく、寧ろ、正義感成るモノの突出したが故、偏重と云う殻へと閉じ籠もって終った姿。

何れのモノかどうかはとも有れ、正客らは、信念の瓦解其の儘を形象した場景の目撃者で有る事は確かなのだ。

(えぇぇッ⁉　な、何ともはや……こ、是がッ、本当にあのッ、正義漢なのかッ⁉　……帰依して終っている……のか？)

会議室の立派な一枚板の机の脚下で、小さく丸まって在る男らしき物体の其処には、あの傲慢さからの驕慢と云う名に相応しき揺るぎ無い理念は、既にして消し飛び、跡形も無く消滅していた。

慈愛の矑に否が応でも躍り込む其の鮮烈な情景は、双つの水晶体に焼き付く。

けれども、どうしてだろう。どうした事なのだろう。彼の胸中に在るは、

「悲嘆に昏れたいのは、こっちだよ……」

落胆に沈む嘆きの独白は、何時しか、

「ハァーーーーァァァ……」

と云う、永い嘆声へ彩られて行った。

気付けば結局、元の木阿弥。

——振出し。

慈愛が机に肘を突き、自身の手相を真っ黒な眼に入れて終い兼ねない程の勢いで以て、顔へ覆い被せ、真っ暗闇に成った其の向こう。一人は途方に暮れ、憮然として遠くを見詰め、二人は足下に転がり在る塊を、見下げた眼差しで蔑む。

見えなくした筈の目睫に広がる現状は、今直ぐにでも遁げ出したく成る衝動を、二度、掻き立てる。

此の得体が知れ無い其れは、現在、正に、彼の気魂を侵蝕し、支配しつつ有った。

そんな最中の出来事。忽然と鼓膜を震わすは、温かな声量。主を踏み止まらせる済度の声音。

「若様、長らく御待たせを致しました失礼の段、どうぞ、御容赦下さいませ」

肺腑を揺すぶる渋味宿した静かな好い声へ、若君は、はっと驚喜に振り仰ぐ。

「御申し付けの品に御座います」

流暢な話調と共に差し出された両手には、眼下にずっしりと在るは、遙か遠くに交わした約束の証。

まさしく、今、主人へ、確と手渡される。

「おおォォーッ！」

感慨深き重みへ湧き起こる歓喜の猛り。

双眸に映し出される確かな固有名詞。其処には、果して『広辞苑』と有った。

「ふぅぅーう」

胸を撫で下ろし乍らも、

（一時はどうなるものかと……）

冷や冷やさせられたが、俟った甲斐が有ったと許りに欣喜雀躍。きっと机の下では、重力に逆らった軽快な足踏みが繰り広げられているに違い無い。

「助かったよ。本当に有り難う」

我が意を得たりと、慈愛の口を衝いて出た、謝辞。

「何と……若様より、斯様な御言葉を戴けるものとは、露程も存じ上げ御座いませんでした。

最早、感慨無量と言う他は御座いません」

恭しく一礼し、頼れし味方に取っての思いも寄らない主人の謝意へ対し、耳を疑う様な報謝。涙を浮かべる執事の、目を疑いたく成る程の驚きの表情をちらりと見遣れば、若君は何だか無性に気恥ずかしく成り、尻のむず痒さに困惑する。

（いやぁ……何も其処迄。幾ら何でも大袈裟の様な気が……ははは……）

少なからぬ手を煩わせた侍頼の者へ対し、率直に礼を口にしただけの事。謂わば〝良識〟。そんな有り触れた言葉が彼の脳裏を掠めた刻、なぜだか琴線を爪弾き震わす。

心の淵。其の澱みへ〝当たり前〟と云う言の葉、一葉、はらりと零れ、水面にふわりと身を躍らせる。美事な波紋を絵書き、ほんの束の間、幾つもの輪をなぞり広がる場景の、何と云う鮮やかさ。だが其れは、小舟と共に、ぱっと弾け、悉くが消えた。

と、次の刹那の事。慈愛は神魂の搖らぎを憶えるのだった。

――〝当然〟とは、斯くも身近で、あらゆる場に存在し得る、理としてのもので有ったか。


「兎にも角にも、早い所、『魂』の一語を引いて終えばッ。フフフ……」

と、含み声。

是でやっと、此の、何時終わるとも知れ無い、へんてこ会議に終止符を打つ事が出来ると、主はしたりげに意気込む。

がっしりとした函から、背表紙に『広辞苑　たーん』と銘打って有る冊子を徐ら取り出し、妙味に富む嵩の重みへ心強さを緊々と感じ乍ら、『た行』の頁を開く。

（終わり良ければ全て良し。形振りなんか構う事無いさッ。辞書に謳って有る、そっくり其の儘を読み上げて御終いだッ。俟ってろよォォッ！）

　劇情に在る、魂の哮り。荒ぶる精神。

　けれども、是らの心胸とは裏腹に、さらさらと、心地好い紙の擦れる音を立て、静かに頁は捲られて行く。一字一句、見落として成るものかと、勢い、規定に則り整然と並列する夥しい文字を順になぞり押さえる指先へ、知らず力が入る。緩、慎重に、右から左へ、上から下へ。人差し指は、指し示し乍ら進み行く。

　確実、且つ着実に、核心へと迫って行くに連れ、独り言にも又、力が籠もる。

「……たまサボテン、たまざん、たまし、騙し……そろそろ、だな。ナハハハハ……」

　愈と許り、不敵な笑みを湛え、胸が躍る。

　そして、終に来た。此の時がッ！

「うぅん？　……た・ま・し・き（玉敷）……へッ？」

　世にも奇妙で、摩訶不思議な出来事が、果して、起き得るもので有ったか。

「なッ⁉　何ですとォォーッ‼」

　驚愕の悲鳴轟かす。若しや、神経を逆撫でする程の大音量だったか。一体、どうしたと云うのだ。『魂』の一語が見付からないとは。

（まさか、な。見落とした、とでも？）

「そんな、莫迦げた事……」

頭を振り振り、もう一度、先程の箇所迄、どぎまぎしつつも懸命に指先を戻し、瞼を閉じて深呼吸。次に、改めて人差し指へ力を籠めたならば、活字が擦れ消えて終うのではないかと気に病む程の力強さでなぞり、願いを籠め、辿り読み始める。

「……騙し。……玉敷。玉鴫……！」

どれだけ見出し語を指でなぞり追い、目を凝らそうとも。何度も、何度でも、たった一言を捜し出そうと試みても。

（無い。……無いッ。無いィイーッ！）

魂と云うたったの一字が、彼、漢字が、収載されて無い。

『逸事苑』――。

（……ん⁉）

――此処から先は、己が其のおつむで考え、導き出す事なのだ。

そんな、天の声でも降って来そうではないか。

「何でさァアーッ‼」

喉元張り裂けん許りに、虚ろの雄叫びを上げて居る。にも拘らず、会議室は前の刻と変わらぬ光景が広がるのみ。其れ処か、寧ろ閑かだと言う可きか。慈愛には恰も紙芝居を打ち眺めてでも居るかの如く、静止画に魅せられ、心寂しさが一層、侘しさを募らせる。

(逸事苑って……フフフ、諧謔かなぁ……是じゃぁ丸っ切り、八方塞がりじゃないかぁ……)

途方に暮れる。

いいや。少し違うもの、だったろうか。

砂浜に三角坐りで、水平線を憮然たる面持ち露に茫漠たる一室を見霽かす。只、其れだけ。

そんな、ぼんやり気分。

此の、明白な事実に、怪訝、又、不快を強く憶え、憤る。そして、終に、主君は今も傍らにて屹立する側勤めへ、憂いを打っ付けると云った乱暴へ訴える可く、

(……どうする⁉　えェーいッ！　斯う成ったらッ！)

儘よ。襟飾り映える老人へ、問う。

「どッ、どうしてさァッ。どうしてェーッ⁉」

最早、言語に非ず。なれども、柔順で実直な執事は、此の不様な咆哮を上げる童児の如く無邪気な、否、不逞の輩の如き駄々を捏ねる主人へ、優しく朗笑湛え、恭しく一礼済ませたならば、真っ直ぐな眼差し向け、そっと諫説を添える。

「はい、若様。魂と云う荘重な、加えまして非常に重大、且つ極めて繊細成る此の言霊に就きまして、私めが考えます処……是こそまさしく、各々が、個々人が、其々、己が精神へ問い、

自身が独りに於いて聢と思考し続け尽くす可き問題に他ならぬものでは御座いませんでしょうか」

と、此処で徐に一息つき、一拍間を置いたらば、此処からが肝要と許り、面様引き締め、持論を述べ継ぐ。

「故に。重視す可きは、敢えて記さずに置いたので御座いましょう。若しやしますと、編者の意図。いいえ、有り態に申しますれば、詰りは、是こそが、『慈悲』かと……只、偏に、此の言の葉に尽きるのでは御座いませんでしょうか」

そして、口が過ぎました事、真に御容赦の程を、と言いたげな表情で頭を下げたのち、

「是迄が、私めなりの見解に御座います」

斯う言い添えたなら、今一度、丁重に一礼をして見せるので在った。

と、刹那の事。

慈愛の脳髄へ、電光一閃迸り、目の悟めるが如く衝撃を身魂にて喰らう。

そんな境地の中に在っても、双眸へ映えるは、幼き日の憶い出、或る人物の面影。其れがどうしてだか突然、脳裏へ浮かび上がったのだ。

(祖父ちゃん？　……何だ⁉　まさか、な……)

いやいや、そうではなく、其れよりも今は、早急に此の忌々しき事態を収拾する事こそが、最優先す可き課題。

（……はぁぁぁ……。何て、答える……？）

頼みの綱は無惨にも断ち切られ、途方に暮れる許りの嘆き惑う中で、

（抑、『夢を見るとはどういう事なのか』が知りたくて、話をしたかった……又、そう云う場で在った、其の筈……だったのに）

斯うした、どうにも成らない憤りを憶えつつ、

（其れをそっくり其の儘、のどかに話す心算でいたのに……）

と、此処迄、想いを馳せた刻。

（他人が口にした、又は記してきた儘を、自分の言葉宛らに？　其れは謂わば、借り物）

慈愛は、はっと息を呑む。何かを穿き違えてはいまいかと過る。然し同時に、つい今し方抱いた、ざわつきの心当たり。此の傍らに立つ執事。此の威風堂堂たる老賢者。果して……。斯う考え付くが先か、

「一体……何者……なのです？」

と、既にして、口を衝いて出ていたのだった。

断片的な記憶が錯綜し、困惑する心中を反影させて終った、何処か脈絡を欠き、しどろもどろと云った語り口での質問に対し、然程、意に介する事も無く、直ぐ様、応じる。

「はい、若様。実を申しまする所、私めは……」

滑舌の良さ依然流暢な儘に、身の上切り出そうと快弁振るう矍鑠たるや翁。

今、此の刻を以て、正に真実へ辿り着く、素性が明かされようとする其の直前。肝腎要の真相を詳らかにする筈の言葉、語尾は、無情にも掻き消されたのだった。

そう、卒爾湧き起こった黄色い歓呼の声に因って。

深層を吐露す可く毅然とした面様で臨む、健全さ一際、壮健成る爺やの、其の真意を聞き知る絶好の機会諸共、全ては謎の儘、記憶の袋小路へ迷い込む。もう二度と想い浮かび上がる事の無い、遙か遠き、影。

其れは、慈愛の懐裡に在って、複雑且つ難解成る面妖の館、心理の迷宮に似たり。

斯うした心の池の畔へ立ち尽くし、瞻望する事も、心の色に瞳を彩る事も無い儘、眼前で繰り広げられる光景は、真に青天の霹靂。此の余りに俄然で底無しの唐突な出来事。まるで、夢見心地。

噫乎、春夢に微睡む――。

いきなり勢い猛に開け放たれた扉から、息急き切って現れた一人の男。

其の姿を認めるや否や、オバタリアン。

「ちょっとぉ～う、待ち草臥れたじゃないかぁ～」

「へェー。どうも、相すいやせん」

と、第一声へ、ばつが悪い顔を露に詫びた、頭を掻き掻き愛想笑いぶら下げた毬栗頭の男になぞ見向きもせず、憚る事も一切無い儘、思い思いの歓声が続け様に上がり、室中（へやじゅう）に轟き亙る。

「わぁ～い！　お母ちゃん、飯が来たァァーッ!!」

と勢い、其の場で突如の宙返り。

「アァーッ、もう、腹減ったァーッ!!」

と、眼光鋭く睨め付け、透かさずラケット携え身構える。

「ヤッタァーッ！　喰いもん、バンッザァーイッ!!」

斯う叫び終えるが早いか、既にして、金属バットを振り回して居た。

天真爛漫、自由奔放、傍若無人の三人。是らの言動を眼の当たりにし、然しもの肝っ魂母ちゃんと雖（いえど）も、靦然（てんぜん）と醜態を曝け出して居る我が子らに、含羞（がんしゅう）滲ませ乍らも大目玉を喰らわす。

「コラァァーッ!!　御前達ぃっ！　揃いも揃って見っともないッ。それに其の口の利き方はッ！　恥ずかしいったら有りゃし無いよ……あぁ～、ほんとにもぉう……」

如何にも嘆かわしいと云った風に、頭を二度、三度と振ったらば、見る見るうちに形相一変。鬼婆（おにばば）の如くに変化するや否や、怒声が飛ぶ。

「あたしゃぁッ、あんた達をッ、そんな風にッ育てた憶えはッ、無いよぉぉッ!!」

耳を劈く雷鳴轟かせ、息巻いた。

が然し、当の子供らはと言えば、悪怯れた様子微塵も無く、憤然とする母親の心中何物ぞと、全く以て御構い無し。純真無垢成る面を三つ、雁首揃えた儘、只々、其処に在る。

一方、此処迄の内輪揉めを間近で聞かされ、どう在っても視界にちかちかとへばりついて離れない斯うした一連の、下らないにも程が有る茶番を、何時迄も見せられたのでは此方の身が堪らないと悲鳴を上げて居たは皆、同じだったか。

が、此処で正義漢、何を思ったか、将又、血迷ったのか。いやいや、「やはり」と言う可きか、頼まれてもいやしない敵役を買って出ると云う、見え透いた愚策を講じたのだ。

恩着せがましくも、衆生の苦悶を一身に引き受ける可く、如何にもと云った風な、眉間に皺を寄せ、顰め面を露にして、終に、騒々しい家族へ向け、絞り出す様な声で以て唸る。

「先程来ッ、此方が敢えて黙視で遣り過ごし、無礼の限り全てを水に流そうと堪え忍んで居ると言うにィイイ、汝めらはァァァ……！」

斯う呻いた途端、罵声は更に浴びせ掛けられる。

「そうした我々の胸中に対し、顧みる、察すると云った、謂わば配慮に欠け、思慮深さに至っては最早ッ、皆無ッ。更にッ、其れだけに留まらずッ、大手を振ってェッ、愚にも付かぬッ駄弁をォッ、喋々しくもォッべらべらとォォォッ！」

独裁者さえも、たじたじ顔負けの御株を奪う演舌振りは、止まる所を知らず。

「良いかァアッ！　其の耳の穴ッ、搔っ穿じってよォォく聞いておけエエェッ‼　貴様達の様な一族郎党の事を称してッ、『此の親にしてェッ、此の餓鬼共ォッ有りイッ』だァッ。まさしく是、此の成句に尽きる……フッ」

迷惑千万此の上無し、と、一見、正論とも呼べる容赦無い譏議へ、含み笑いとせせら笑いとを随所に鏤め、気炎を吐いた。

〝態々〟と言う他無いと嘆かずには居られぬ程、事細かに一々、論っては蔑む其の言動、何ともはや此の男の似付かわしさへ、慈愛は辟易する許り。そんな中に在り乍ら、ふと、

（哲学さんは……）

現在どうして居るものか、等と視線を廻らかす。

（噫乎……此方も……）

やはりな。〝既に〟して宇宙を見霽かすのみで在った。

そして、件の猛者一家眷属はと言えば、此方も、やはり。

「何かッ、言ったかいッ？」

中年女、ぎろりと一睨み。何か問題でも有るのかと、如何にも言いたげな面持ち曝け出し、太々しくも主催を睥睨して見せた。そして、一言、反言して遣ろうと口を尖らせ扼腕するオバタリアン。片や美爪術、慨嘆に身悶えるが、継母のそんな姿を目にしたと有っては、逭に堪え兼ねたもので有ろう。此方とて、「宿敵やッ、此処で会ったが百年目ッ！」と口にしたかどうか、此の恨み言、どうして呉れようかと、息巻きつつ睨まえるも、自身共々を宥めようと試みる為の言。

「まあまあ、あんなの放っといてさァ、いいから早くゥ、冷めないうちにィ、ねッ、食べよォ

うよッ！　何だかァア、お腹ァペコペコォッ。ねッ、お母さんッ！」

そんな相棒の和やかな笑みを満面に湛え、子供達へも箸を取るよう促す発言に、絆されての事で有ろう。

「……まあぁ、ねぇ〜、そうかもね……そうだね、あんたの言う通り、かも知れ無いねぇぇ……。うん、そうだ、そうだよ、食べよ、食べよ」

と、オバタリアンは自分を納得させようと、頻りに頷いて見せた。そして、気持ちが幾分か落ち着いた様で、改めて言い継ぐ。

「折角の御馳走を台無しにする所だったよ、済まなかったねぇ〜」

一息で謝意を言い表し、三人の児と一人の御娘へ、「赦して御呉れよ」と、ちょっぴり照れ臭そうに愛敬を振り撒き、はにかんで見せたのだった。

（……なんなんだ、是は……一体、此の、場景は……？）

慈愛は迚も大切な〝何か〟を憶い出そうとして居た。そうした精神は、遙か彼方に在ると思しき、忘却の世界へ。

突如、降って湧くかの様に現れた光景。随分遠い昔と感じる程の会話に出て来た三人姉弟が其処に、目の前に居るではないか。事実としての動かし難い実状に、仰天し、驚愕を憶えない訳が無い。何人たりとも。断じて。

——其の筈。

だが、然し。

——皆は。

（なぜッ、驚かない？　なぜ……何でっ⁉）

彼の頭の中で虚しく谺するのみと成り果てた、純粋で素朴な筈の疑問等、「瑣末な繰り言よ」と一蹴。立ち止まる、立ち戻る、等と云った思量得る事叶わず。恰も状況は刻一刻、いや、最早、目紛(めまぐる)しく変化して行くのだ、とでも言いた気な。

物語とは、須(すべから)く読み進めて行く可きもの、でなければ意味を成さないので有る、と。

——移り行くものとは、世界を見て居る側ではなかったか。

斯うして、家族の遣り取りは出席者を巻き込み乍らも、五つの破顔を並べる事で、一往の収束を告げた。つい今し方迄、喧喧囂囂(けんけんごうごう)、喧然(けんぜん)とした会議室は嘘の様。何かを、いや、予見し得る事柄を期待し、一転、慈愛は固唾を呑んで待ち侘びる。

一方、是迄、自身の立場を些(いささ)か持て余し気味の儘、出番は未だかと鶴首し待って居た『美味―あじよし―』と云う屋号入りの前掛け姿の親爺は、此処が正念場と許りに、静まり返った空気の中、意を決し声を張り上げる。

「へいッ！　御待ち遠ぉ～さんッ！　チャーラーセット五人前ェッ。それからァ、麻婆豆腐と鶏の唐揚げがぁ～三人前ェー。坊ちゃん、嬢ちゃんには、取り分け皿も有るよォーッ！」

真打ち張り、紋切り型の科白を澱み無く溌剌と口にし乍ら、食欲そそる馨り燻(くゆ)らせる器を、手慣れた手付きで手際良くどんどん並べて行く。

（⁉　……どうしたら……斯う成って、終うんだ？）

余りに不意を衝かれた突拍子もない出来事に、困惑したじろぐも、彼はそんな我が心身へ興醒めして苦笑いを浮かべた。

そうした主催者を尻目に、各々が其々の世界へ陶酔して行く。

是だ、是を、是こそが、待ち望んで居た情景。渇望して止まなかった料理が配膳されて行くのを、其の一挙手一投足に瞠目する一家。揺ら揺らと上り立つ幾筋もの湯気を目睫に、別天地へ辿り着いたかの様な締まりが無い顔を並べ、至福の一時に耽溺する五人。

けれども、其の光景を目の当たりにしているにも拘らず、慈愛の双眼に映し出されて在るものが、どうした事か、頭へ一向に入ってこない。兎に角にもう只々、訳が解らない許り。其れだけに、どうしても無性に腹が立つので有る。其の憤り。打(ぶ)つける場所も見当たらぬ儘、遣る瀬無さは募って行く。

（やいやいッ！　何で自分らの分だけッ、注文しちゃってる訳⁉　……いやいや、其処では無くて……、何時、誰が、出前を寄越したのか、会議中にィッ！　全くゥッ、好き勝手に遣って呉れてェェッ！）

又しても、口籠もり呻くのみ。

こんな事許り繰り返している自分に愛想を尽かし掛けた其の時、卒爾、あの威勢の良い声が二度、一室に響き亙る。

「毎度ありぃぃーッ！」

慈愛が我を取り戻すに十二分の大音量で有った。

掛け声と共に退出し掛ける、中年男性。其の姿は一見、朧に映って居乍らも、どうした訳だか、妙に浮き彫りと成って彼の脳裏へ飛び込んでくる。

「……この声、何処かで……それに『美味―あじよし―』って……あっ！」

そうだ、そうだった。あの屋号、あの前掛け、あの岡持ち。そして何と言っても、あの忘れもし無い、聞き憶えの有る声音、見憶えの有る装い。幼き頃、よく家族で食べに出掛けた、近所の食堂。

と、記憶を呼び起こされたが先か、

「おっ、小父さんッ！」

斯う口を衝いて出ていた。

此の思い掛け無い呼び止めに、はて、と云った風な表情で顧眄する。そして一時、間を置いたらば、思い当たったのだろう、破顔一笑。

「おぉーッ！　誰かと思えば、慈坊じゃねェかぁッ。最近めっきり来なく成っちまってぇ〜、偶には顔出しなよ。女房も気に病んでっからよぉー」

（噫乎、昔と変わらない、優しい響き……）

「うん。そうするよ」

と、涼やかに唇が戦ぐ。

よもやの再会に、青年の魂は感涙に噎ぶ。

だが然し、此処で又しても、「其の様に余韻を味わって居られる様な暇等、一刻も御座いませんぞ」と声が聞こえたか、将又、空耳で在ろうか。執事の叱咤に因る、鋭き気配が主人の心臓貫かん。

「若様っ、時が差し迫っております。故に御座いますれば、結びの言葉を戴きたく存じ上げます」

（なっ、なっ、なっ……!?）

感動の邂逅に水をさされる許りか、閉会の催促の科白迄を浴びせ掛けられる羽目に成ろうとは、思わず知らずたじろぎ、喘ぐ。

未だ何一つ、結論染みたものどころか、話の焦点さえ定まっていやし無い段階にも拘らず、貶し合いの末、宴会みたくに成り果てて。どうかしている。

（それで……俺に何を言えって？）

抗弁したい言は山程有ると云うに、其の悉くが喉元で痞えて、一向に言語音と成り表現されては呉れず。慈愛は頸を絞め上げられた鶏の様に、目玉を白黒させ乍ら、傍らの老人を睨まえて居た。そうして、然う斯うして居る内、気が付けば其処には最早、店主の姿は無かった。

（積る話も有ったろうて……）

そう云った、彼の何とも片付かない情懐なぞ酌み取る事、やはり一切無い儘で、其の代わりに、

「ねェ、ところでお母さん。今日、旦那さんはァ？」

と、美爪術。

是へ、オバタリアン。

「朝早くに東京の本社へ。支店長会議に出張っちゃってるのよう」

「えェー、其れは残念。会いたかったわァァ～」

「そうなのよう。紹介したかったのよぉ～、本当に残念」

等々、相も変わらず四方山話に余念が無い二人と、そんな事は歯牙にも掛けず、只、黙々と頓に食べ続ける三人の子供達との風景を、御丁寧に、御披露目して呉れたと云う訳なので有る。

終始一貫、其々が相手の話を全く聞かないどころか、言い負かして遣ろうと躍起に成った、名許りの会議の是が顚末。気の晴れぬ儘、止(とど)めは此の茶番で片付けられて終ったのだった。

——それなのに。

件の五人は、靦然として、頻張り続けて居る。

（なんなんだよッ！）

慈愛は苦り切った心状を隠さんが為、俯くも、此処ではたと閃き、前方へ視線を向ける。果して其の先には、あの、二人が。

然し。

正義漢も、哲学さんも、同じ姿勢の儘、先程来動いた様子が見当たらない。そうなのだ、身じろぎ一つしていなかったのだ。

（えっ⁉　……何で？）

主催が、狼狽気味の中で、視界へ広がる此の現状に、打ち拉がれる。だからこそで有ったろうか、どうしても確かめたく成る顔。なぜだか、いや、やはり、と言う可きで有った。縋り付く様な眼差しを、爺やの面（おもて）へ、注ぐ。眸と矑（ひとみ）とが合う。そこはかとない期待が膨らむ。

――なれども。

軟弱たる若君の神魂、鋭く射貫かんが如くに閃光放つ其の双眸は、「ささっ、今こそ千載一遇の好機。御言葉をッ！」と言って居た。

改めて是迄を顧みるに、此の有り様（よう）。慈愛は殆（ほとほと）、滅入り、既にして辟易し、今直ぐにでも此処から逃げ出したい衝動に駆られて居る。是は、気の所為（せい）等とは断じて有り得ない。確かで、搖るぎ無い。

然しだ。

確信たる心境を実感して居るにも拘らず、何とも不可思議な事に、斯うした事情とは全く異なる了見が働いたとしか言う他無い程、あの、向かい側に並ぶ食事が、丼の中身が、無性に気になるのだ。

鰹だしと醤油との好い馨り。鳴門（なると）巻き、支那竹（メンマ）、刻み葱。そして、魅惑の叉焼（チャーシュー）。

（おお、しかも、細目の縮れ麺）

其の直ぐ傍らでは、湯煙燻らす宛らに、湯気と胡麻油の香ばしさとを立て、きらきら翡翠の宝石鏤めた小山がそっと寄り添う。其の頂には、鮮やかな朱に染まった紅生姜を冠る。そうさ、言わずと知れた、周知の、支那蕎（ラーメン）の、莫逆の友。

慈愛にはあれ許りが、あれだけが、気に成って、気に成って、仕方が無い。

（一口だけで良いから、俺にもッ！）

現在（いま）、彼の心と頭とを占めて在るは、是のみ。

ふうふうと美味（うま）そうに頬張る其の汁（つゆ）に光り輝く麺は、最早、黄金に煌めき続け、其の神々しさに眩暈（げんうん）し悶（もだ）える。

（ううう……食べたいッ！）

其の昂揚、果して、抑えられるもので有ったか。

（後生だから……御願いッ、ほんの一口で良いんだようっ!!）

秘めたる哀願を胸に、依然として毅然たる態度崩す事無い儘、傍らで静かに佇む老紳士の面差しを仰ぎ見る。

「斯うも見せ付けられては、誰しもが、食べたく成るよねッ!?」

潤んだ瞳が問い掛けた。執事や如何に。

(若様ッ)

真一文字に結ばれた唇。鋭き眼光。何たる威厳に満ちた風貌か。其の御心、揺るぎ無し。

――老賢者、宣う。

「今こそ、自身成る神魂の存在の尊厳を、御示しなされませッ」

と。

(ヘッ?　いやぁぁ……、そんな小難しい事、突然聞かされるとは……)

訊くだけ野暮だったと泣き言を零し乍らも、そんな事より、今は兎にも角にも、

「あぁーッ!　喰いたいィッ!」

此の欲望のみが、未熟者の心身全てを征服して在る。

だが、是と同時に、其の欲心の中では、自身の卑しさに嫌気が差してくるのを感じても居るのだ。是程迄か、と。

欲求を満たしたいと云う性根、是へ抗い、本来の〝志〟を取り戻そうとする信念。

斯うした、一方の情感と他方の情感とが撞着したる時の狭間で、啧まれ、悶える。

そうした心模様に在って、其の淵へ、俄然として漣が立つのを憶えた。

(俺は一体、何に対して不満を抱いているんだ?)

果して其は、喰い物の恨み、で有ろうか。

——そうでは無かった筈。

それでは、是迄ずっと胸宇で痞えて在ったもの、とは。

——憤り。

何モノへ。

——自身へ、だったか。

自分が知りたかった、話したかった、其れらの一つとして真面に扱って貰えず、挙げ句が、茶化され続け、訳の解らぬ儘、閉会を迎えるに至っていると云う此の実状。其の事共へ対して頓に、矢鱈と腹立たしさを感じ、そうした余りの怒りを憶えて終った結果。

——言うに及ばず。

深く省慮するを欠き、惚けた儘で、何時の間にか、其の矛先は外側へと向いて終っていた。

——掏り替えて終っていた。

に過ぎなかっただけ、なのではなかったか。

『聢りしろよッ、好い加減ッ！　ちゃんと憶い出せェッ!!』

有りったけの力が籠められた劇昂は、脳裏を劈き、肺腑へ響動めく。

——なれども。

自身の気骨の無さ故からの苛立ちを、都合好く転化させた叱責なぞ、何の意味も成さなかった。

畢竟、有態に言って終えば、

『腑甲斐無き是が魂は、〝喰い気〟に負けた』

（はぁぁ〜あ。何て様なんだよ俺は……いっつも、いざと云う時……いっつも、何も言わないで……）

啀み合う、と迄は行かなくとも、諍いが生ずる位ならばと、何時もそうした度毎に口を噤んできた。

——半分は真情。もう半分は、きっと、逃げ口上。

是迄、そうして自身を押し殺し、そう云う自分を懸命に擁護し乍ら暮らし続けた。「是が俺の生き方さ」なぞと嘯いて。

そんな折、添上慈愛は生方麗と云う麗しき女性に廻り逢う。彼女との会話には何時も驚かされ、其の都度、考えさせられてきた。

（そうか……。俺は、のどかとの出会いに依って、是迄の人生観を転換すると云う機宜を得たのではなかったか……）

斯う、呟いたかどうか……。

予期せず、窓の隙間をそよそよと、春の風に、ゆらゆら、世界は搖れる——。

其の利那の事。

主人は不意に閃いたかの様に、此の取り散らかって終い、結論の出そうに無い現状を執事へ尋ねた。

「議題、何だったたっけ？」

ぶっきらぼうな物言い、だったろうか。

「はい。『夢』に就いてで御座いました。若様に遊ばされましては、是を見て居るとはどう云った事柄なのか、其処を、取り立てて御気になされて御出(おい)でで御座いました」

凛とした爺やの言の葉、其の語々が、若の胸を焦がす。

（そうなんだよなぁぁぁ……）

そうして、今一度、問う。

「御前達は誰で、此処は何処なの？　それから……俺は一体、誰なのか……？」

見れば皆の一様に目を剥いた儘、ぎくりと仰天した静止画が、其処に在った。

――皆、御前デ有リ、又、御前ガ、皆デモ有ルノダ。

と。

天の声か。

（……まさかね）

飛び出さん許りに引ん剥いた目玉共が一丸と成り慈愛を見る。心神を刺し貫かんとする視線が緊々と伝わり来る。迫蹙する。

（わぁーあッ！　一刻も早くッ、此処から遁れたいッ!!）

此の一心のみが彼の脳裏を駆け廻り、心裏を掻き乱す。

固く目を塞ぎ、机上へ顔を突っ伏す。

転瞬の間の事。

――グゥゥゥ〜ウ。

反射音成る大音響。

（!?　……何事？　何の、音？）

訝しさに顔を撥ね上げた。

目睫に茫洋と広がりを見せるは、其の眼路（めじ）には――。

雪原宛らに皚然（がいぜん）として光彩照り返す、真っ白な空虚の世界。

（――!?）

迷夢に惑う心。

一切合切、片付か無い儘の心中なぞ一顧だにせず、続け様に更なる事態が慈愛の軀（み）を襲う。

卒爾、目が眩む程の閃光が双つの瞳（ひとみ）へ射し込んだのだった。

「眩しいィッ！　なッ何だよ一体ッ!!」

余りの強烈さに思わず知らず、喘ぎ呻いた。

其の強い白光を遮る様に手の平を翳し乍ら、緩と瞼を開いて行く。

（何が……起きて、いる？）

眼前に現れたは、其処に在るは——。

初夏を感じさせる程の、燦然と照り輝く太陽が、出迎えて呉れて居た。其の圧倒的存在の下で、ぼんやり眇視する、景色。

「……何処？」

ぼそりと零した語調とは裏腹に、素早く軀を起こすや否や、滅多矢鱈とぐるぐる周囲を廻らして居た。

——そう、あの、川縁（かわべり）。

其れは、忽然と遣って来る。

宇宙（そら）の起こりの中へ吸い籠まれて行く様な感覚に郷愁を憶える、そんな神魂が放つ気配に、其の意識は戻り行く。

「俺は……」

何時の間にか、白詰草の絨毯と、春の陽気と云う掛け衾（かけぶすま）にて、微睡んで居た。

斯うした実感が、揺り起こす。

「そう云う、事……」

夢を、眺めて、居た。

其れは、どの位だったろう。暫（しばら）くの刻だったものなのかどうか。若しや、永劫とも呼べるものではなかったか――。

「それにしたって……ふっ……どうにも……」

滑稽な。と、我知らず、憶い出し笑いがくつくつ、口元からはらはら、零れ舞い落ちるのだった。

河川敷の斜面から見霽かす川の流れに目を奪われて居ると、自分の軀が川堤（かわづつみ）ごと遡行するかの様な、そうした錯覚の世界へ足を踏み入れて行く。

川が流れ在るからか。土手の原が広がり在るからか。

噫乎。青い空に風が吹き、白い雲が、のほほんと、漂い在ったからか。

それとも――。

汝が魂の、躍動たる証か。

慈愛は、仮寝（うたたね）の、あのふわりと宙へ浮かび上がる感触を懐かしみ、もう一度……なぞと懇願の念籠め、仰向け様に寝転ぶ。蒲公英や菫、白詰草と云った野花の力強さを背（せな）に緊と感じ乍ら、随分と高い所から眺め下ろす、眩し過ぎる晩春の太陽を眇視する。

「夢、を見る……。一体、是って、どう云った事柄、なんだろう?」

誰に向けた、言葉だったか――。

（ふふっ、御天道様？　……まさか、まさか。あっ、のどかに？）

――残夢の残り香、愛惜を誘う。

なぜ、あの時、哲学さんがあんなにも哀しげな面差しで、遙か遠くを望んで居たのか、今なら解る気がする、と彼は感じた。

人は、自身が考え付く事、目に見えているものは全て、他の人達も皆、同じ様にそう考え、同じ様に見ているものだと考えて終うから。だから、其れら悉くが、そうでは無かったのだと云う事を初めて知った時、噫乎、人間とは、同じ人類と云う存在で有り乍ら、他人と解り合えないものなのだった、とはっきり気付いて終った時、其の時、人は絶望を感じて終う、そんな生き物で在ったたか。

「だから、憮然とし乍らも、何処か哀れみを滲ませた、そうした表情が出来て終ったんだろうなぁ……」

そんな何気無い同情心が零れた其の刻の事。不意に、川辺の野原が戦ぐ。

――いいや。夢の中全てに於いて、汝が考え、ではなかったたか。

微風は、神魂を、そよと通り抜けて、行った。

「でも、のどかだったら、何て言うだろう……若しかしたら……」

知った其の時こそ、どうするのか。解り合えないからこそ、だからこそ、人は考える。人とは、そう云う存在。

譬え、あの時、執事の携えて来た辞書を引き、『魂』の一語の其の意味が調べられたとて、識(しる)された儘の説明文を一言一句、其の通りに読み上げた所で、其れは一体、何をどうした事になったのか。

此の疑問こそ、あの『逸事苑』に、『魂』と云う一字が収載されていなかった、最大の理由。

——なのだとしたら？

独自で考え、自身の言葉を以てして話をする。其の正誤、当否、と云った事柄を、一体誰に正確な判断が下せよう。況して、真(しん)に理解等出来ようか。人寰広しと雖も、〝誰一人として答は出せない〟のだ。と云う、斯うした絡繰(からく)りに気付いて欲しい。そして、だからこそ、自分独りの力で考え抜いた、其の自分の言の葉で以て、話をする。此の行為こそが、何よりも大切なのだと云う、哲学さんの、のどかの〝志(おもい)〟。

斯う云った掛け替えのないもの、彼女達の〝機微〟のほんの一部分だけかも知れ無かったが、ほんの僅かだけでも垣間見えた様な、ひょっとしたら、解り掛けたのかも知れ無い気がして、慈愛は何だか嬉しく感じるのだった。

何れにしても、夢と云う奇天烈なものは、大抵の場合、目が醒めた後、其の内容を憶えていない。多くは、夢を見ていた事自体を忘却している。其の程度のもの。起きた後で、「噫乎、あんな、こんな、と云った感じだったような？」と呟く位が関の山。

けれども、見ている其の刻、其の夢の中に自分と云う意識が在る其の時、誰しも体験している筈。言葉、風景、声、音、光、そして色彩迄もが鮮明に感じられるのを。此の悉くの鮮鋭さを。

忘れてはいまいか。そうだ、そうなのだ。まさしく其の刻、我々は、瞼を閉じているにも拘らずに……と云う当たり前の生理的な現象を。

何たる摩訶不思議な出来事なのだ、夢を見る、と云う椿事は。

――高が夢。然れど夢。

「あぁ～あ。結局、俺の知りたかった事……煮詰まる所か、何で最後は、あの一家の食事会なんかに？　……ふふっ」

どうしてだか、くすりと、口元から吐息が零れる。

「あっ、そういえば、今日って確か……新事業企画部会議、だったよなぁ～。のどかなら、上司の顔色なんか御構い無し、凛とした態度で臨み、はきはきと意見を言うんだろうな」

慈愛は、的皪と光り輝く水色の空を眇視した儘で、

「明日、俺は……」

何か、発言するのだろうか……と、自身の心中に想いを致すのだった。

比べてみても仕方の無い事。然し、どうしても比べて終う。比べようが無い筈なのに。

――解っている様で、其の実、何も解釈出来てはいやし無い。

人類とは、世にも哀しき生き物。是程迄に孤立無援の存在で有ったか。

結局は、又、何時もの如く、傍観者を装って、時間が経つのを待つだけの〝日和見主義〟。

自嘲してみたとて、是では何一つ変わる事は有るまい。

（今の俺に必要な事……其れは）

〝考える〟と云う事柄を、もう一度、考え直してみる、と云った気概。

けれども。

（俺と云う奴は……）

何処か間の抜けた、楽観的な男。現在、最も気になる事と言えば、

「食事に些とも有り付けずに……」

の、只一つ。

「だけど、まぁ～、夢って云うのは……ハハハハハ」

可笑しかった。無性に、可笑しかった。

自分の、何とかしたいと今日迄悩んで来た筈の性格の一部分は、未だ昔と変わらず。いや、実際の所、変わる気が無いと言う可きそうした性分を嗤い乍らも、其の余所では、仄々さを自覚してても居るのだ。

此の、春の河川敷成る一場。ずる休みと云う妙なトキメキを感じて在る自分が、現在、斯う

して、此処で、寝転がって居るのだ。そして、是を僥倖として享受し、此の瞬間を噛み締めてさえ居るのだ。

気が付けば、添上慈愛と云う名の人間は、残夢の事を想い返して居た。

「小父さん……元気で、今も店の切り盛りをして居るかなぁ～。小母さんには心配許り掛けて……。そうだッ！　元気な姿を見せに行こうッ」

先ずは其処から始めてみよう。そして、今日起きた此の事を、のどかに話そう。

口元が綻ぶ。

――グゥゥゥ～ウ。

（へっ⁉）

闖入者（ちんにゅうしゃ）？

（あぁ～、腹の虫の謎掛け……）

彼は其れへ一粲して見せ、応える。

「よしッ！　拉麺（ラーメン）と炒飯（チャーハン）、喰いに行こォーうッ！」

力強い掛け声と共に、跨線橋を遠望し乍ら三つ揃いの上衣を軽く叩き、勢いよく立ち上がる。

何だろうか、此の清々しさは。此の神魂の躍動は。此の溢れ出る感情を抑えられないで居る。

いや、寧ろ、心地好さを感じて居るのではなかったか。

（良いじゃないか。時には、素直に。心の儘に）

陽は、知らぬ間に暮れ懸けて在った。空を茜に染め上げ乍ら、朱(あか)く、紅(あか)く、今日も暮れ行くのか。

馴染みの、想い出の『美味―あじよし―』へ向かう一張羅の青年の、堤(どて)を驅け下りる其の後ろ影が夕映える。戦ぐ芝と野花は、閑かに見送るので有った。

*

夢は時々、過去の記憶を走馬灯の様に浮かび上がらせて、眼前へ現れる。然し、其の光景は、そう在る様で、何処か他の想い出と錯綜し、見た事も無い情景へと移り行く。

夢とは、本当に奇天烈なものだ。なぜあれ程迄、鮮鋭に映えるのだろうか。堅(かた)く鎖(とざ)された矑(ひとみ)の奥で、一体何が映し出されていると云うのだろう。何たる奇っ怪な現象なのだ『夢を見る』と云う出来事は。

――若しや、夢を見るとは、己の胸宇を覗き込む事、やも知れぬ。

自身の精神が、自身の脳裏に有るとされる記憶の中を探索・模索すると云う、謂わば〝旅〟をする事なのだろうか。そう云う事柄なのか。

肉体と云う束縛より解放された魂が、或る時は、大空を舞い翔ぶ鳥の如く、或る時は、大地を駆け廻る獣の如く、宇宙へ迸る。

其れは、郷里への、懐郷。

第二幕　麗（うらら）

蒼天の背景。真っ白な綿雲が楚然として浮かびつつ、的皪と漂う。自由に、心地好き微風に乗って。

然し、あの流れ行く雲達は、恰も束縛とは無縁の如く窺い知れるも、果して本当に自由成るものを、手中に収めているのだろうか。

川辺の野原で寝転がり、のんびりとした面持ちに大欠伸を添え、こんな事許りぼんやりとふわふわ頭に浮かばせて居る、と或る若者の存在等、知る由も無い、妍好成る才女が現在、あの遙か蒼き宇宙を、朝陽に切れ長の目を細め乍ら眇視する。其れは、高層建築物群に空いた、小さな四角い、透き間だった。

社長曰くの「我が社運の一翼を担う課題の重要な合同会議」を明日に控え、今日、此の日、企画部会合が開かれる或る春の晴れた朝の一時。そんな一日の始まりの、一齣。

——自由。是は、一体、如何成るもので在ったか。

誰一人として、解らないだろう。答えられないで有ろう。そう、是は、自身が独りで思考するしかない事柄。己の意識を以て、我が精神を覗き窺う。

——では、考える、とは。

噫乎、微睡むに似たり。

——然（しか）らば。

其れならば、其の『夢を見る（まどろむ）』とは、どう云った出来事が起きて在るのか。どうした事象で在るのか。

眠りに就いた時、無意識の中に在っても猶、瞼（まぶた）へ、眸（ひとみ）へ、望洋と映し出されるあれらの映像。

そうだ。意識は、無い。其の筈。

仮令、目を瞑り、意図的に、能動的に、何かを想い浮かべつつ考えを導き出すと云った行為にしても、其の刻（とき）、必ず意識が働いてくる筈。働かせている、其の筈。

けれども、そうした事とは異質の、目に見るあれらは全体。睡眠（ねむ）って居るにも拘らず、恰も、現在（いま）、正に、其処で存在して居るものと錯覚を起こす程のもの迄有る、臨場感溢れる、あの不可思議な現象。

肉体の殆どが休眠状態に有っても、脳は活動し続け、記憶の整頓をしているからなのだと有識者は言うけれど。では、まさしく其の瞬間、〝意思〟は、〝意識〟は、何処（いずこ）へ。其の一刹那の刻、〝魂〟は、何（いず）れに在るものだったか。

夢、とは一体。

——意識と無意識との狭間。或いは、軀（からだ）と魂との混沌。……だったか。

既にして、眠っている事実に気付いていないと云うに、なぜ此の双（ふた）つの睛（ひとみ）へ、鮮鋭に映えるのだろうか。

夢とは果して、何ものなのか。

ひょっとしたならば、夢を見るとは、己が魂の見ている世界を、肉体としての自身が、瞼の奥の向こう側にて、観照して居るのかも知れ無い。


茫漠たる宇宙が抱く偉大成る、意志・意思・意図、そして、夢想――いや、若しかしたならば、虚構、だったかも知れ無い――の中に在って人類は、未来永劫、さ迷い続けるのみなので有ろう。もっと言って終ったならば、誰かの、何モノかの、貪瞋痴たる思惑、或いは精神が想い描いた縹渺たる幻覚に眩惑され続けた儘、汝は何時しか是を本当と思い込んだ、蠢くだけの憐れな存在なのではなかったか。

そうとも知ら無い儘で、気付きもし無いで……微睡むと云うのか。


見慣れた空間。何時もの一室。鳩首の度、此処の中央へ並べ集められる矩形の事務机と人数分の椅子。そして、相も変わらず下座に、のっぺりと鎮座して在る、ホワイトボード。そう、此の場所は、言わずと知れた、企画部専用会議室。

部長と係長とが、何時もの如く、皆を睥睨出来る位置、上座にて坐って居る。

次に、部長の左側と係長の右側とへ鉤の手に其々一名ずつ、主任二人が坐る。そして主任の直ぐ脇には、副主任が一人ずつ控え、其の隣へ横並びに平社員が五人、計七名ずつの部下達が対面に坐る。

一堂に会す。定刻。会合は始まった。

進行係の一般社員がすっくと立ち上がったならば、此の一室を見亙し、参加者全員が揃った事を確認し終え、其の後、第一声を放つ。

「えェー、では、全員揃いましたので、早速に、明日、行われます、合同会議の為の最終打ち合わせを始めたいと思います。先ずは、部長より、趣旨説明を御願い致します」

斯う言い終えた若い社員を、部長は一瞬だけ見遣り、「うむ」と軽く首肯いたならば、視線は一直線、周囲を取り巻く白い壁の一角、下座辺りへ見据える。其れは、皆に対し直視を避ける為、敢えてそんな節が窺えたか。そうして、口は徐に開かれる。

「明日は愈、重要な合同会議が行われる。皆、承知していると思うが、来年より始まる『県内最大級総合駅一大再開発計画』の一環で有る、総合商社ビル群とターミナルステーションとを、地下街で連結。飲食は勿論、ファッション関連、雑貨、等々のあらゆる店舗の新・増築。其れに伴う交通網の拡張、利便性向上。斯うした是らの効率化を図り、猶且つ、利潤追求と、我が社の名を世間へ轟かす為。謂わば、一挙両得こそが、真の狙い。此の雄図実現に向け、我が企画部は、企画を樹て、議案の提出迄を任されている。是を成功させられれば、我が社の上場企業への路も夢ではなくなる。故にッ、明日は斯う云った社運の賭かった重大なッ、合同会議なので有るッ！」

であるからして、此の会同の必要性及び重要性は、充分ッ把握出来ているなッ、と云った風な目付きで周りの表情を睨め回し、確かめる様に一息間を置いたならば、二度、話し始める。

「其処でッ、本日、斯うして諸君に集まって貰ったのは外でも無いッ、此の議題に基づき、此の部署が総力を挙げた提案の定案を得る可く、又、揺るぎ無いものとする為ッ、今一度検討し、より確実な内容とし、より一層の一致団結を固めるッ。是らを含めた、明日を迎える準備の総纏めを行うッ、最終会合で有るッ」

　部長は此処で、自身を鼓舞するかの様に、二、三度頷いて見せてから、話し継ぐ。

「斯うした決意の元ッ、取り組む可くッ、諸君も其の腹積もりで臨む様にッ！　概要は以上ッ。では、始めようか」

　斯う締め括った。

　すると、其れを見届けた係長が、頃合いを見計らって、それでは、と云った風に、直ぐ傍の部長へ伺い立てるかの如く目配せし、口を開く。

「さて、今、部長の御言葉にも有りましたように、来年度からの再開発計画と、三年後に控える超高速電気鉄道、略名、リニアの開通とが相俟って、重要課題の一つ、地上と地下とを結ぶ、連絡手段径路の整備・充実・確保・障壁の排除。即ち、バリアフリー化の施策。垂直昇降機や階段状昇降装置の……」

　と、此処で係長は口を噤んだ。又、何時もの癖が、と云った会議室内の雰囲気に気が付いたものかどうか。或いは、何時迄経とうとも一向に改善される見込みが無い、此の回り諄い言い回しへの忸怩成るものの作用か、定かでは無いが、「コホン」と軽く咳払いを一つ。失礼、と云った風に間を置き、改めて話の続きを始める。

「……あぁ～ですからぁ、エレベーター、エスカレーターの新・増設は、必須」

部長以下全員の様子を窺うかの如く、一息ついたなら、再度、話し継ぐ。

「そして、もう一点。是ら、環境と設備の充足に伴い、今後更に増加へ拍車を掛けるであろう外国人観光客への迅速成る応対、対処が出来る様。そして、是らに対応す可く、人材確保と施設の設営。斯うした数々の課題を、如何にして、支出を最小限に止めつつ、あぁ～言うに及ばずでは有るが、利益を追求し、最大限の利得へと繋げられるか、是こそをッ重視す可き要綱で有りッ此の事こそがッ、えェ～要約するので有ればッ、是ぞッ！　核心なのだッ」

我乍ら上出来、とでも云った風な誇らしげな顔付きを露に、締めへと転じて行く。

「是らを考慮に入れた最善、最良の献策をし、社長以下取締役からの裁可が下るよう努め、認可の暁には、構想を推進させる可く定案を得る為の、部署会合で有り、其処こそがッ、今日の議論の重大焦点と成る」

此の部を管理、監督する立場としての部長の尊厳たるを蔑ろに、其の補佐、支援する立場で有る筈の人物の、永い永い補足は、恙無く終了した。

部長の、何やら今一つ片付かない儘の遣る瀬無さに、遣る方無し哉、なぞと零してみたとて。

畢竟、会合は閑かに進行して行くので有る。

其の頃、生方麗。彼女は――。

今回も常套句で始まった会議を、矢張り、と云った風な顔付きぶら下げた儘、上の空で席に在った。

部長の概要。係長の補足。是らを遠くに聴き、いや、右から左へ。代わりに頭の中を駆け巡るは、実際、何度も耳にした、忌まわしき誹謗中傷。

――相も変わらぬ回り諄さときたら……。係長はさァ、態々、日本語へ置き換えてから、通称言うのッ、好きだよなァ～ッ。

――本当ッすね。面倒臭いッすよォ～う。

――モノを識ってるところをひけらかしてるのよッ。

――そうそうッ、そう云う事ッ。かの有名大経済学部卒ッ、なんだとさッ。

――序でに部長のあの間が抜けた顔ッ、見たァ⁉　ウケるッ。

――ワァーッハッハッハァーッ！

締めは、嘲笑による、大音量での大合唱。

(又、此の声……うんざりする)

頭が割れん許りに締め付けてくる此の苦悶に、其の度、麗は嘖まれる。

臆病者らがガサゴソと——。

彼女は大抵、斯うした他人の愚痴が予測出来て終い、憂鬱の中で、夢現の如く、こんなひそひそ話に魘われるのだった。

黙って、只ぼんやり、窓越しに遙か遠くへ望む、深川鼠色の連峰を眺め入る。是らの騒音の如き雑音を、遙々彼方へと押し遣りたい一心で。そして、頓、心に浮かぶ面影。

（けれど、彼は違ってた。慈君だけは、どうしてだか、わくわくさせられる。ドキドキと鼓動が聴こえてくる程に！）

何か、他人とは異なる考えを口にして呉れそうな、いえ、事実、語って居る。あの、彼の、添上慈愛の、予期出来無い純真さへ、彼女の魂はときめく。精神の純朴が赦される。

（慈君の、稀に見せる、恐らくは無意識的な、あの閃きとも呼べる純真たる輝きは、一体……どう云った事なのかしら⁉）

斯うした思考を脳裏へ浮かべたものか。或いは、彼への畏敬とやらがそう働き掛けたもので有ったか。

判然とし無い儘の心内。想い返すに、恋人の面長な顔立ち、きりっとした唇等を打ち眺める度、会話をする時、ほんのちょっぴりだけ上がる視線が結ばる先に在る、自分によく似た切れ長の目。そして、其の瞼と云う門が一度開け放たれた其の時出現する、凹みに嵌め込まれし漆黒に濡れ煌めく黒き璧へ見惚れる其の度毎、

「まさしく、慈君の意志の強さを体現して其処に在る」

と、強烈に感じ、躍動する彼女の神魂。

「眸は、宇宙へと繋がるとば口なのだ！」と、かの有名なる塔を表現した高名たる日本人芸術家に言わしめた迄の。

此の言の葉通りの。

然し、彼自身は……。

——其の魅力に、全く気付きもし無いで居る。

あの眼。

髣髴とさせる、そんな、彼の魅惑成る矑。其処に在る宇宙へ、吸い込まれて終う程に見詰めずには居られ無い。

そんな、男性。

今をして想えば、こんなにも尊い相手に出会えたなんて。

（私はなんてッ！　幸せ者ッ！）

是迄の彼女と云えば、どんな物事にしても、否定的で懐疑的。更には、誰彼問わず、絶望と表しても過言では決して無い感情を抱き続けてきた。

——現在でも、其の傾向は根強く残って在る。

そう云う事……。

けれども、異なるのは、彼の前だけでは、此の狐疑(こぎ)は無用で有り、更には、そう、其の罪、其のものさえもが消滅して終う。

　是は物凄く不可思議な、そうで有り乍ら、希有(けう)な出来事でも有る——。


　そうした筈の彼女の情と意との淵底へ、直実の鉞(まさかり)投げ入れて、水面(みなも)に波紋を描き浮かべ、漣(さざなみ)立たせたは、部署の違う、当時、新入社員だった、添上と云う苗字の、

（貴男(あなた)……）

　初めて見掛けたのは、そう、彼が新卒入社した年の七月。新しい事業への参入へ向けて、合同会議が開かれた日。あの時の彼は、どうしてだか、

（いいえ、既にして、気付いていたのよ。慈君の誠実さ……）

　憤りと思(おぼ)しき塊を嚙みしだき、飲み下し、会議中一貫して押し黙った儘、何処(どこ)を見るでもなく、遠くの一点を。どれ程睨まえた所で、見える筈も無い壁の向こう側を。見透かせる風な、只、真っ直ぐに見据えられた、誠意の眼(まなこ)。

　人寰(じんかん)への奥歯に剣、と云った所の、後に、

「買い被(かぶ)り過ぎだよ……フフッ、只の自己欺瞞さッ……」

（だなんて……）

自嘲の科白(せりふ)を、ぽつり。

嘯いて――。

そんな、慈愛、と云う名の、広報部配属の男性社員の、真の心で濡れ色に輝く瞳から、彼女の睛は必然にして、釘付け。すっかり離さずには居られ無く成っていたのだった。

（現在、斯うして想い返してみれば、って話なのだけれど……）

麗は、誰にも見せない、見せたくない、慈愛の斯うした奥意の思惟、とでも呼称す可き是を、自分だけは、此の世の他の誰も知り得無い彼の神魂の心象を、間近に於いて触れられる、と云う此の僥倖。此の、実に希代成る出来事を噛み締める度毎に感じる、時の流れの緩やかさ。いや、少し違う。そうではなく、時なぞと云う現象は存在し無いのだ、と気付かされる。時間とは、人間の都合に因る、在りもし無い刻みを拵えた結果の代物に過ぎないのだ、と。

だけれども、其れにも拘らず、人類は何時しか本当に、時と云う事象が進み在るものと思い込む様に成り、現在では最早、其れが当たり前と成った。

――永久に、目に映らぬと云うに。

それでは、此の〝当たり前〟とは、何ものなのか。どう云った事柄なのか。

事有る其の都度、彼女の頭の中を駆け廻る、斯うした言の葉達。

（其れらは一重に……）

強大な難問にして、終生に亙る課題。

では、そうだとしたので有るならば、今、此処に斯うして靦然と坐って居る此の他人達は、斯う云った事こそを、未だ(いま)嘗て(かつ)真摯に考えた体験を果して持ち合わせているものなのか。

　麗の疑心は募り、膨れ上がる許り。

(ひょっとしたら……やっぱり、私だけ……なの？　斯う云った、感覚は……!?)

　陽は昇り、沈み、そして又、昇る。風が吹き、雨や雪が降る。花は咲き、水は流れる。木々は芽吹き、小禽(ことり)が囀(さえず)る。

　春の希世(きせい)。夏が育み、秋に恵み。そして、冬の試練。

　――生命(たましい)は萌(も)え、息吹(いぶ)く。

(〝当たり前〟と称して終う事で完結させ、其れ以上探究する事は無く、何一つとして向き合わず、思索も行ってこなかったと云う其処こそを、深意を、考え続けなければならないのだと、考えた事が、あの他人(ひと)達には、是迄、一度でも有ったのかしら？)

　自分とは何なのか。存在して居るとはどう云う事なのか。考える程に解らなく成って行く奇怪成る斯うした有りと有らゆる事象を、社会は〝当たり前〟と云う言葉に依って括り、其れ以上を考察させなくして終っている、と云う違和感の元凶。此の、実に不可思議な、惑いと悶(もだ)えを、あの他人(ひと)達は、軀(み)を以て痛感した事が有るのだろうか、とも。

　けれども、改まって見直す現在(いま)、現実は、此処には、果せる哉(かな)、相も変わらぬ光景。

　利益追求、合理化……。経済有りきの儘で――。見出しを飾るは、

(魅惑の宇宙旅行ですって!?　星々の探索？　挙げ句は『月へ！　今が其の時』。何て乱暴な

言）

現代人とは、途方も無く哀しい存在。

そうして――、

（繰り返す。又、同じ話許り……）

――無意義。

（斯う考えて終う私って……実の所、傲慢なのかしら）

自身が狷介故に、頑に拒絶しているだけなのではないだろうか、と。加え、処世の道を歩き続ける為には何の役にも立たず、其れ処か、寧ろ障害と成って開かり、軈て徒と成り果て、更には彼女の軀へ帰って来る。そうした、斯くも思考を具有し乍らに、しかも、是らを自覚しているにも拘らず、今日迄の日々を暮らし続けて居る。そんな自分はどうして、六年もの間、来る日も来る日も、企業と云う狭き世界の中の一歯車と成り、働き続け、此の毎日を過ごしているのだろうか、と。

こんな事許りが脳裏を占め、こびりつき、離れない。其の為、会議が始まっていると云う実状なぞ、疾うに何処ぞへ押し遣って終い、対いに坐って居る筈の衒耀社員らを、まるで其処には誰も存在して居無いが如く、窓硝子共、遠景を透かし見る。

其処に在るは、仄暗くも、やけに角張った高層建築物の群れ。

ゆらゆら霞む其の場景に、ぼんやりと眺め入り乍ら、ふわふわ考え耽る。

（社会の形成・向上、経済の発展）

――と、高やかに囀れども。

（抑、何を以ての、向上、発展なのだろう？　利潤・効率を最優先する、と云う方針に何が……？）

加え、

（此の計画に、躍起に成る程の、一体、何が有ると言うの？　……そして、何よりも、其の先は？）

――合理化。

うんざりする此の言葉を耳にする度、麗は脱力感に噴まれるので有った。だからこその、是への絶望感、で有ったか。

（合理主義……耳触りは好いけれど……其れは只の単純化に過ぎないのではないかしら？）

少なくとも、彼女にはそう思えてならなかった。其処に躍動するものは何も無く、篤きものを滾らす何かは絶え、更に、新たな何かを産み出す事も、況して、育むなぞ、一切無いのではなかろうか、とも。

人間に取って本当に不可欠な事柄、其れは一見、無駄な、遠回りと認む行動なのだとしても、正に其処にこそ、真実が宿る。志、誠意と云った、掛け替えの無い、決して目にする事、手に触れる事の出来無い物事が、謂わば〝機微〟成る出来事が、息衝く。其の筈。

噫乎、人類は何時から、「生きる為に食する」が、「喰らい続ける為だけに生き存える」に変容して終ったのだろう。

「ふんッ。言葉の順序がほんの少し違うだけじゃないかッ。大した事でも有るまいて」

…………。

(空虚許り見上げて)

——まさかな。既にして、ヒトは、麻痺していたか。最早、退っ引きならぬ境地迄来て居たもので有ったか。

(噫乎……どうしてこんなにも切なく、そして同時に、どうでもいいと感じて終うの……?)

——こんな感覚……、迚も、名状し難し。

一体、自分とは如何なるモノなのか、と云った風な、存在の理由と人生の意味とは。

いや、抑、斯うした、謂わば明確で核心染みた確信が、本当に必要なのだろうか。

人が、此の浮き世と云う理屈の中に於いて、生きて行く上で。自身と云う生き物が存在する不可思議成る此の、神秘の世界で。

是らを踏まえ、麗は回想する。皆が口にして憚ら無い、時に誇らしげな呪文の数々。合理・利便・資本。そして、権利、自由。斯うした主張が祖たる坤輿へ真に必要で、且つ、精神の礎と成り、是を支え続けられるもので有るのかどうかを真剣に精覈する事こそが重要で有り、事と次第に依っては、あらゆる提言・提議を白紙に返す、と云った英断を下させる事に意義が有る。又、其の為の会議なのでは有るまいか、と。

――けれども。

彼女がどれ程、目を凝らそうと、どれだけ必死に瞼を抉じ開け、目玉をぎょろつかせて眺め見ようとも、遙か遠い彼方を見霽かしてみた所で、一向に答は見えてきはし無い。其れ処か、此の人寰に在って摩天楼の一隅。会議室の小さな、小さな、窓からでは、人工物に蔽われた鳩羽色の陰鬱な世界だけしか見えやし無かった。

(懸命に成って、眇視したにも拘らず……)

其の双つの睛へ霞み映るは、塵処理場の如き世の果て。そう、掃き溜め其の物が其処へ、茫洋とした広がりを見せるのみだった。なのだけれども、どうした事だか、世間、或いは多数派の眼球には、あれこそが時代の最先端、現代の我らに相応しき象徴とも呼べる都市の姿として映えるのだ。そう信じて疑わ無いのだ。

(此処がッ、本当にッ、人の住み処なの？　住む可き場所なの？　あれがッ!?　なぜなの!?)

同じモノを、同じ場景を、見ている筈ではなかったか。

(こんな事……有る訳……)

――無いッ！

此の結びの一語は、言語音に、吐息としてさえも、零れて呉れはし無かった。

どうした事なのか、彼女にはどうしても〝同じモノ〟に見え無かった。見る事は出来無かった。そうなのだ。

(出来無い……私には……)

――我の心を魅するもの、其れは。

(人世の条理への観念と、其れへ抗うかの風に乖離した感念)

――己が占有している筈の其の軀を縛り付けるもの、其れは。

(世界の理への愛惜)

――救われぬ我が神魂を攫い、憑きしモノ、其れは。

(塵界の虚しさ。そして、諦め……。ねぇ、慈君……、慈君には、どんな風に見えて在るの？)

そう、彼には彼の見え方が。少なくとも、今、彼女の眼前にて揺れ動く脱け殻同然の案山子共とは異なる見方をしている筈。なれど、真の、元来の、在る可き姿を見透かせる慧眼を享有して居ると云うにも拘らず、希代の自身を否定し乍ら生きて居る其の実状に、彼自身、気付いているものかどうか。

きっと、本人も判然とし無い儘で、あの炯眼を直秘し、忘却する事に努め続けたのだろう。なれども、受け容れ難し社会からの、あらぬ難癖に屈服し埋もれる事なぞ真っ平御免と。故に、踠き、抗い、煩い、嘖まれ続けた末の選択。強大な絡繰りへの滯か成る反目。其れは、寡黙に徹する事。

――そう。果敢無世に在って、彼者の具えし篤実成る存在は、赦されはし無い。断じて有ろう筈が無い。理想なぞとは、気紛れな童の戯れ言よ。努々忘れぬが良いと云うもの。

(そうね……苦しみ続けるだけ。だけれども……、慈君の様な朗らかな人間こそが閑かに過ごせる世界こそが、真実、なのに……)

——創世を。宇宙を。

(深き藍青の無限と思しき空を、私と等しくして聢と見通す……)

『心』

其の持ち主こその、慈愛の為の、空間。

それでも、浮き世に在っては処世術成る業が必須。如何にして塵寰の奔流に流されず舟を操り亙るかに懸かっている。只、其れだけの事。

——俗事に長けた者のみの為の浮世で有り、其れらのみが、生き存える。是迄も、そして、是からも。

(其れはッ、詭弁ッ)

——なれど、いみじくも、古人曰く、是、世の常、也。

(そう云う……仕組み……)

——然れど、一方、歴史は斯様にも誌す。『口は禍の門』とも。沈黙も又、世渡りの一つ、也。

(……そうなのかも知れ無いわね)

若しも、仮令、そうだったとしても。

（……私は……卑屈な人間に成って終って居ただけなの？　……いいえ、そうでは無い。私だって……、最初から……否定的な批判家気取りでも無く、傲岸でも、況して、狷介な訳が無いッ。……そうじゃなかった……）

其の筈。人並みの心算で居た。ずっと。今日迄。

（……何時から……こんな風な……、刺々しく成って終って居るのかしらん。……憶い返すのよ。六年前のあの時の自分を。面接での私は……）

「御社の志向する、『人と社会と自然とが融合した真に新しい世界を築く』と云う此の標語に、心を打たれ、御社ならば、自分の能力を遺憾無く発揮出来るものと確信致して居ります。其れへ加え、此の私も、自然と人とがゆったりと閑かに暮らして行ける、真に豊かな世界の創造の為、尽力に励む決意で居ります。ですから、御社以外には考えられません。是らが、志望動機で有ります」

　こんな言葉を、あの時、臆面も無く口にした。確かにそう言った。「面接官に篤く語った私は現在も此処に在る」と、希望に満ち溢れていた神魂を確かめるかの風に、彼女はそっと両の手の平を胸へ宛てがい乍ら、今も猶、蘇り続ける嘗ての記憶の中へ、瞼を閉じ、浸り、耽る。

　其れは恰も、現在の自分はどうなのか、と問い質しでもするかの様。

（だって、そうでしょう？）

あの頃は、皆が一様に自身と等しくして、〝篤き志〟を、同じ考えを、同じ祈望(ゆめ)を胸に秘め、青春を謳歌しているものと、生きているのだと、そんな想いの中に居た。全くにそう信じて疑わ無かった。是こそが事実。真理の名に相応しき事柄なのだ、と。

（でも、今にして想えば、其れは……）

――全てが虚構の世界。

（……取り留めの無い……）

――承知していた筈。今更めいて。

（……架空の御噺(おとぎばなし)）

――其方(そなた)、恍惚(とぼけ)ておったな。

最早、其処には、思慮と云う人間としての尊厳等は、疾うに、霞み消えていた。

（そう想い込みたかっただけ。……そうした方が、安佚(あんいつ)に日々を過ごせて行ける……そんな想いに騙られただけ……）

なぜなら、世人悉(せじんことごと)くに因る数多の誹謗に憔悴し、裏切りと云う絶望に打ち拉(ひし)がれずに済むのだから。

此の己(おの)が懐裡(かいり)の嘆き、悟られまいと努めたものか。或いは、秘めたる我が傷心、是繕う為で有ったろうか。麗は思わず知らずに胸臆へ、徐(やお)ら言葉を添える。

（……そう、譬(たと)えるなら。世俗に染まり零落して行く事への躊躇(ためら)い。それとも、逡巡？　そう

云った事柄）

若しかしたら、是は、罪悪感に対する懺悔。

「いいえ。違う……わね。是は、只の、私語」

斯う、ぼそりと呟いた。

だが其れは、其の薄れ行く吐息は、嗤笑に変わる。

「ウフフフ……どれも、覚悟の無さの呼称ね」

不甲斐無さへの嘲弄。

結局の所、心の奥底では、自分に取って都合の好い様に思い籠ませ、言い含めて置き、居心地の良い場所に軀を置いて安穏な日々を送りたかった。〝信じる〟なぞと云う実に心地好い囀りの響きに酔い痴れ乍ら、思考は停止した儘で。

どうにも手前勝手な、そして此処には、省みる、と云った様な気概成る存在に、差し挟める余地は無い。

斯うは成らぬ様、努め励んできた心算。

（だった……）

――欺き極まりて是に尽きる。フハハハ……ほれ、是を、自欺とでも呼ぼう哉。

〝創意〟成るもので軀を飾り立てた粧いは、其の実、序列社会へ精神が既に服し、其れを認めて終っている此の事実を直匿しにする為で有ったか。

（そうね……仮令、そうでは有ったにしても……）

是迄の持論に依拠した言動が、浅短で有ったのだとしても。

（そうよ！　それでもッ）

志は、現在も、過去も、何も変わってはいない筈。其の筈だった。

（だってッ、そうじゃないッ！）

斯うして未だ彼女は、あの頃の篤き心を憶い浮かべていた。あの信念を、何とか伝えようと尽力し続けているではないか、と。

幼い頃、蒼い空を、群青の宙を、見上げるのが大好きだった。日がな一日、公園の芝生へ寝転がったり、集合住宅の三階のベランダに佇んだりした儘、よく眺めていた。

（独り切りで……）

ずっと、そうして、見霽かし、過ごして居たかった。

（出来る事ならば……）

けれども其れを、決して、赦して呉れはし無い。誰も。学校も、地域も、社会も。

（私が少女だったから？　きっと……）

だから、大人に成ったら、成人にさえ成って終えば、出来るものと信じた。

（そう、だから、其の日が、其の時が、一日でも早く訪れまいかと、本を連れ合いに、待ち侘びた……一途に）

そして願い叶いし大人、と呼ばれるように成った。遂に其の時が来た。嬉々として雀躍した事を憶えている。

（なのに、どう云う訳だか、其れが訪ね来る事は、無かった……）

成人を迎えたと云うにも拘らず。其れは、廿を過ぎようとも、大学を卒業し社会人に成ろうとも、同じだった。其れ処か、一層厳格な、得体の知れ無い、世にもおどろおどろしい魔物と化し、麗の身魂へ重く伸し掛かった。何時迄、夢心地で居る心算なの？　居られるとでも思って居るの？　と。

そう、誰も、此の地上に住まう誰一人として、斯うした、真に有意義な刻を享受する事を、赦して呉れやし無いのだ。

『秩序と協調』。此の御旗の下、例外は決して有ってはならない。気儘、自律、と云った存在は、絶対に居てはならない。

けれども、其れでも、どう有っても、あれらへそぐわなければ、『世人には不適格』の烙印を押せば良い。其れで済む。只、是だけ。

（其れで、御終い……）

隔塞と云う代償を、きっちり払わされて。

——全ては、管理・監督する側の胸三寸に有ると云うもの。

（ええ……そう云う、事なのかも、知れ無い……）

——そして又、其れは、憎悪の成せる業でも有ったか。

そう、彼女は其れを軀を以て体験し、理解している。どうにもならない事象なのだと。

（是が、道義・人情の、篩なのだと云う事も）

重々、承知はしていたのだけれど。其れでも、時に、静慮を試みたり、又、省察に尽力して来た。

（けれども、やっぱり……）

どう云う訳だか、今日迄、斯うして毎日、何と蔑まれ、貶められ、誹られ様と、罵られても。

来る日も来る日も、斯うした世の常の連鎖に嘖まれ様と、生方麗成る才女があの頃抱いていた志は、現在も変わらず此処に在る。

其の気高き誇りにも似た清廉な実意。幾度となく黙殺され続けた己の信念を、今日こそは、と、皆の心を動かしてみせる、と、話す機会が到来する度、其の胸に烈しく揺らめく、清粋な意志。『自然と人との真の豊か成る世界を』と云う希望を、夢の儘にし無い為、実現させる為、模索と最善に尽力し続けなければならない。此の言の葉を投げ掛け続ければ、是こそを根の限り尽くし、訴え続ければ。

（そうよッ。人と云う生き物は、日夜、変わり行くもの。昨日と今日とでは違う、異なる、自分なのだからッ、誰しも）

人類とて、一度眠りに就いたならば、次に必ず目醒める約束も無い儘に、謂わば〝睡る〟と云う臨死体験を知らず識らず繰り返す坤輿にて、日々を暮らして在るのだから。其の度毎、生まれ変わるのだから。生存し続ける限りに、変わり続けて行くのだから。

――汝も又、然り。

(だからッ、此の私の愚直な迄の真剣さも伝わるものと許り。此の深旨たる言霊、何時かッ、他人の胸底へ届くものだと許り。そう云う理に依って世は成り立って在るものなのだと許り……ずっと……)

感じ捉えていた。

(斯うした可能性に懸け。いいえ、賭け⁉ ……そう、縋り付いた……)

とは言え、自分を励まし続けて来たのも是又、真実。

然し、蓋を開けてみたならば、何一つとして受け容れられず、理解もされぬ儘、何時しか『狷介(女丈夫)』なぞと揶揄されて居た。

(噫乎……きっと、上司は勿論の事、同僚から後輩に至る悉くが、口を揃えて……)

遙か連峰から谺が、「頭でっかちの剛愎、おまけに剛情っ張りと来たものだッ！」と、偏頭痛の如く脳裏へ轟かせる。

歯に衣着せぬ、が請けの良いのも初めのうちだけ。直ぐ様、嗤笑を鏤め、美的範疇成る批評の定規を以て量り律するが落ちなのだ。

(そう……其れは、偏に)

己が独り善がりからに因るもの。自ずから唆し、仕向け続けていたとでも。他人に対し壁を造っていたのは。

（他の誰でも無い。此の私……）

——残夢の如き、で有った乎。

知ら無い間に、見解のみでしか、世人と接しなく成っていた。

詰りは、只の、本好きな、根暗で面白みに欠けた堅物の、詰まらない女。

（……本当に、そうかしら……）

何も彼もが混濁し判然とし無く成って終った儘に。是迄の矜持さえ吹き飛び、あやふやな胸宇の儘に在って、猶。

（だけど……）

現下。

（違うッ。断じてッ！）

的皪と乱杭状の歯を白く煌めかせ、「文学淑女さァん」だなんて戯け乍ら囃して呉れる男性と。

（貴男と、運り逢わせた。そんな、私……）

爾来、二度、人界を、人々を、皆、一様に具有している筈の心眼を以て、聢り見据え様と考え改めた。絶望の淵に在って、光を見付けた。やっとの想いで、萌を見出せた。

（慈君の事よ……。慈君の、おかげ……ね）

そして。

（もう一度、あの初心と思しき篤い志を、麗しき信念を、憶い返し、勇気を奮い立たせるのッ！　そして、今こそッ、あの扉の向こう側へッ！）

そう、自身と向き合う。

睛を背けてはいけない。決して。

迚も大切な事なのだから。

自分と云う生命が此の世界に存在している、此の不可思議で神秘成る事象。と同時に、自分と云う人間が、此の坤輿に於いて存在するは、唯、一人(いちにん)のみ。独りしか生きてはいないのだ。現世(うつしよ)をどれ程血眼で探そうとも。そして、猶且つ、斯うした課題こそ、人類に科せられた最大にして難問。是へと挑む時。皆に問うのだ。投げ掛けるのだ。打(ぶ)っ付けるのだ。気高き魂と想いの限りとを。

そう正に、今が、其の時。

悩んでいては駄目。いけないのだ。日々、考え続けなくては。悩むとは、言い換えるとしたならば、逡巡しているだけ。うじうじと其処でそうして蹲(うずくま)って在るだけなのだから。是は、何もして居無い事に等しき行い。即ち、行動するとは、〝考える〟事なのだ。

麗は、精神の高みを目指そうと、更なる飛躍を遂げる為にも、此の蟠(わだかま)りと云う胸の痞(つか)えを取り除く決心をする。自分に取っても。皆に取っても。

（是こそが、最善）

こんな私考が胸をざわめかす中に在り乍ら、ふと、何とは無しに意識を室内へ戻す。すると、彼女の向かい側に坐って居た筈で有った、もう一班の主任の姿が見当たら無い事を、今更にして訝しむ。

薄ぼけた心地の、ぼやけた睛で良く見互したならば、此の室全体が何だか仄暗く成っている事に気付く。

（どうして？　何時から？）

なぞと、暫し沈思黙考。

すると、男のものと思しき音声が徐ら其の耳孔へ這り込み、鼓膜にへばりついて来るのだった。暗く奥まった隧道の彼方からの耳垢のささめきか、ずっと何時迄も潜み音が、かさこそと、やけに執拗く纏わり付いて囂しくする。其の、五月蠅くも得体の知れぬものへ心奪われ、追迫。

妙な胸のざわつき憶えつつ、透かさず其方を睚眥。

刹那にして、其処へ現れ在った場景は——。

幻灯機からの眩耀な光が、会議室の白い壁へとぼんやり照らし乍ら数多の資料を投影する。

其の直ぐ脇では、背広姿の人影が此方に対し、半身に成り、背を見せ、時に腕を大きく振り動かし、身振り手振りを巧みに織り交ぜ、手の内へ握り在る遠隔操作釦を力強く押す度、カチャリカチャリと独特の器械音伴わせ、記号と数字とが所狭しと罫線へ列ねる一覧表に、円や線、棒での明瞭な図表に、と、てきぱき的確に指し示し乍ら、隙無く、提示・説明を着々と進行して行く。

そんな中、其れら滞り無く辷り行く陽画と音声とに、一々、瞠目しては感嘆を上げる出席者一同へ、流暢さ際立つ弾む口語以てして勢い、前途に就いて何やら心地好さげに熱弁を揮う所で在った。

此の時、此の提言者の念頭には、よもや、あの女性主任が、過ぎし日の初心を追懐する、若しくは自問自答する、と云った繰り言に、人知れず独り煩悶し、素心を曝け出す事へ逡巡憶え、其の勇気の無さに嘖まれ、嘆いて居ようなぞとは、微塵も無かったで有ろう。

其の証左に、此の人物、本人迄もが自身の描く理想郷に酔い痴れた儘で、独裁者張りの演説を靦然として展開して居るのだから。

そう、無常の世に在っては、麗の此の滅多矢鱈に喘ぎ、七転八倒真っ直中、其の一刹那で有ろうと、冷酷無情にも刻刻、会議は、捗が行くので有った。

けれど、件の淑女にしてみたならば、浦島伝説宜しく、提示内容なぞ靄共々掻き消え、緒さえ攫めず、「理解を示す」と云った行為に至っては最早、期し難い。

抑、他人の話を聞いてはおらぬのだから、至極当然。

そうでは有るのだが、そんな驕気打ち捨てて、兎にも角にも、只々、幻灯に投映され、妙な具合に鮮明さ際立たせ佇む社員の怪演振りと、鼻につく科白とが才女の気に障る。
倦怠感を置き土産に、其の、名状し難い後味の悪さ。どうにも片付か無い是へ、苛立ちさえ憶える。

（あの、知識層気取りの気障男めェエ～、癪に障るゥウ……猪口才なッ）

本名、猪突猛。此の男、麗の一年後輩で居乍ら、入社当時からなぜだか矢鱈と——彼女の与り知らぬ所、では有るのだが——対抗意識からなのか、男尊女卑として仕立て上げられた結果で有ろうか、或いは単に生理的問題なのか、何れのものとも一向に判然とせぬ儘、彼女を非常に不名誉で、理不尽さ此の上無き憂き目にあわせ続け、今日に至る。

斯うした間柄からに因る傲岸たる態度での威圧と、理由無き反抗と、彼女は目の敵にされ、一方的な敵愾心剥き出しに、彼は眥を決して接するので有る。事有る度に、詰り、会議・打ち合わせの都度、甲斐の信玄、越後の謙信との信濃覇権争いでも有るまいて、其の度毎に張り合おうとする。女性主任を、遣っ付け様とする。
非情の嫌忌孕んだ言霊以てして。

（はぁぁ～あ、疲れる……）

ああしたモノが、選抜組（エリート）。

（……私には、どうにも、出世欲と物欲の一塊（いっかい）としか……）

――フッ、戯れ口を……。あれに在るは正真正銘、文字通りの選士ッ‼

（噫乎……、だったら……勝手にしたらいいのに……）

――ワハハッ。抛（ほう）って置いては呉れまいて。其れこそがッ、浮き世に於いての常、と云うもの。

（……本当に、ムカムカする……）

懐裡、胸焼けの如し不快に惑う内に在っても、ふと、頬に感ずるは、唐突な迄の東風（こちかぜ）。

（……私だけ……なのかしら……？）

蛾眉（がび）、訝しさ醸し出し、窓を見遣る。

硝子は語らず、無言で見返す。

抑、此処は嵌め込みだ。

と、次の一刹那の事。

一陣、室に巻いて、彼女の心の襞（ひだ）、戦（そよ）がす。

（なぜ？　どうして⁉　何処から……颪なんて。……あっ！）

取り留め無く、卒然な。

（其れはそうと、上杉謙信、女性説。あれ、本当かしらん）

なぞと、ふわふわ。

窓越しには、俄然、澄んだ天穹が渺茫たる真実として其処に。麗の神魂が悠然と漂う。

(良いものね、歴史って。浪漫が溢れていて……。んっ⁉)

いやいや、と間髪を容れずして、諭しの呪文掠めたか、突爾、現実界へ無理矢理に引き戻されたものか、将又、迷い込んで終ったのか。睛をぱちくりさせ、是又、素っ頓狂にも頭を振りつつ、

「今はそんな事に耽惑している場合じゃないでしょッ」

なぞと、叱責を独り言ち乍らにしても猶、脳裏へ閃くは。

(何だか私……慈君の性格、感化ったぁ？　……ムフフ)

「いや、だから、そうでもなくて……、でれでれとにやけてる刻でもないのよ」

と毒突いた。

(何はさて置き、兎に角ッ！)

今日こそは決着を付けなければならない。自身が当初から是迄の間ずっと抱き続けてきた疑念とに。

其の、納得が行かぬ儘の、抑えてきた気持ちの全てを。

(吐き出すのッ！　思い切りッ、打っ付けるのッ！　訴え掛けるのよ‼)

斯うした想いの丈を心に、是のみへ、意識を集中させる。

(そうよッ。今更めいてッ！　懼(おそ)れる事なんて……)

そう。そうなのだ。其の通りなのだ。既にして、恥も外聞もへったくれも有りやし無い。

――只、我武者(がむしゃ)らに、己(おの)が情熱の面目躍如たる熱弁を揮うが良い。

斯う、魂の私語(ささめきごと)は、力強き信念、志、と云った言霊と成し、忍ばせたる心事を外界へと誘(いざな)わん。

(そうよ。こんな事……ずっと前から、自覚して居た)

本当は、疾うに気付いていた。只、押し殺し、知らず顔で過ごしてきただけの事。

他人(ひと)への、人寰への、猜疑、懐疑と、不信、違和と。そして、幼き頃の苦い憶い出……と。

是らを始めとする数多の煩悶こそがやはり、省みてこなかった自己への、罪と罰。

(生方麗ッ！　何時迄繰り言許りッ……此の儘では同じだわ。向き合うのよッ、今こそッ。でないと……)

「何も始まらないッ。そうでしょッ！」

まさしく、時は熟せり。

質してみせる。自分とはどう云ったものなのか、一体、何なのか、を。そして、皆は、斯うした事柄をどれだけ真摯に受け止め、どれ程真剣に日々考え過ごしているものかどうか、を。

(人心は、絶えずして流転するものでしょう?)

ならば、彼女の紡いだ言の葉は、必ずや、掛け橋と成り得る筈。

此の刹那を以て、確信と成る。

勢い、是は、私と云う神魂を懸けた、大勝負ッ!! 大見得を切った肺腑に応えんとす。

(そうよ。此の六年、何時も話の腰を折られ、棚上げされてきた。其の度毎、私はッ……世間で未だ蝟集巣喰う偽善者の悪意渦巻く〝忖度〟と云う濁流に圧し流されて……)

「ちゃんと、話をしてこなかった!」

けれども、今日と云う此の刻許りは。

(そうッ! 何が何でもッ、何と罵られようとッ。何度も、何度でもッ。退く事無く、有りったけの篤い意志を打っ付けてみせるわッ!!)

断固たる姿勢で挑む誓いを、皆決し打ち立てた。そして、誰よりも尊い貴方で在り、何にも代え難い存在。そう、何時何時でも傍らに居て呉れる大切な彼の事を胸へ抱く。

(慈君ッ。見てて!)

純真無垢たる少女、星へ願いを籠めん。

嫣然と人知れず、一粲して見せ、胸中投影せんとす。

此の刻、此の場の者悉くは気付いただろうか。あの、乙女の、細やかな幸せにときめき輝く睛と、誇らしい頬笑みとに。

会議中で有る時へと引き摺り戻され、吐露する事への勇気を奮い起こす迄に、どの位の刻を要したものだったか。一瞬間の出来事で在ったろうか。それとも、一時間位か。五分程経過しただけだろうか。

ぼんやりとした空間の中で、妙な具合に浮かび上がって在る、何の飾り気も無い壁掛け時計の剣の如く針を確かめ様ともせず、幾許も掛かってはいないものと、高を括った儘の意識で以て、麗はもう一度、此の一室へ廻らかす。

恐らくは、時間に対する感覚其のものが、抜け落ちて終っているに違いなかった。

そこはかとなく、空気の澱みを感じる。

場の雰囲気とでも譬えようか。

――軽侮と憐憫と。混濁した塵心と。

唐突な迄に忽然と、ぴりぴり鋭い視線が、才女へちくちく突き刺さる。

此の時初めて、真に我へ返った、と言う可きで有ったか。彼女は靦然として、辺りを徐ら見互し始める。

会議室の天井に整然と並び取り付けられた蛍光灯は、既にして煌々と皆の頭上を眩く照らして在ると言うのに。

(……何だか様子が……!?)

そう心に浮かぶが先か、他人の感情が一時にどっと雪崩れ込んで来る。

――まさかッ、念仏じゃぁ無いよなァ～アハハハ……何をさっきからブツブツと？

――エェーッ！　あの主任、どうしちゃったのォ？

――何時迄も独りで片意地張ってると、ああ成るって云う見本なんじゃない？　ワハハハ。

斯うした気の流れが激流と化し、絶え間無く麗の胸へ押し寄せる。

居並ぶ怪訝の面。此方へ蝟集するあれら眼差し一切に宿りし蔑みは、狡智の色で鈍く光り、其処に在った。そして、止めに、「猪突君の考えに対して、君にッ、意見を求めておるのだがねェ～ッ」と云った風な部長の面持ちが、女性主任の視界へと闖入して来たので有る。

睨め付ける其の奥意は、彼女の心の上がり端へ土足で上がり込み、容赦無く胸の内の襖を抉じ開け様と躍起に成り、何時迄も居坐り続け、何処迄も威圧的。

だが、どうだ、彼女の面構え。其れを緊々と感じ取っている筈にも拘らず、何処か悠然とし、眼前に在る其れをまじまじ見据え、胸中にて、噫乎、自分の話す順番が廻って来ただけの事か、と言った表情で、恬然とし、悪怯れる様子も無い儘に、視線を見返すのだった。

（あっ……成る程ぉう……ハハハ……）

そう云う事。

詰りは、発言を求められているのだ。業を煮やした者達が、先程来、俟っているのだ。そう、無論、彼女の返答をだ。

上の空で惚けて居た麗は、正に字義通り、馬の耳に東風。会議なぞ其方退け、自分の世界で私見の幻影と葛藤を繰り広げていたのだから、失礼、此の上無し。では有るものの、然りとて、此処に居る此の者共とて、是迄に果して他人の意見を真面に取り合ってきたものかどうか、疑わしい。

然し、今は互いに其の自覚の足り無さの可否を糾すよりも、皆にしてみたならば、恍け面を未だ晒し、座して動ずる色も無い彼女を赦せる筈も無く。かと言って、其の腹立たしさを喚き散らす訳にも行かず。鯔の詰り、遣る方無い此の心中其の儘を、「生方ァァァッ、貴様と云う奴はァ、今更めきおってェェェッ」と、怨讐の呪文唸ったか。

(……終った！　何にも解ら無い……さて、どうしよう……)

遉に狼狽えたか。お尻は妙に擽ったいし、変な汗迄かき出した。何だか今にも挫けそうな心へ。

(まあぁ……でも……あの図表から推測すると……)

あの男の事だから、話の内容はきっと、利潤追求の一点張り。何彼につけて〝合理化〟と云う御旗を掲げ、付け焼き刃の知識と歯が浮く様な科白と、様々の言語を織り交ぜ、鏤め乍らの独擅場へ。

(言わずもがな、其の中身は……)

そして、上司を含む周りは、「おおぅ、素晴らしい、素晴らしい」と、称嘆の繰り言。

(何時もと変わらぬ場景……)

――驚くなかれ。ワッハッハッ……。

呵呵と駑馬が嗤う。

堪え難きを耐え忍びつつ、慈愛に誓ったあの〝志〟。

今、此の刻、此処で、決然と持論を打ち出そうと、実行へ移す為、瞼を伏せ、其の肺腑一杯、空気を吸い籠める。

そして。

えいっ、やっ！　と許りに、睛をかっと見開いた。

噫乎、けれども。そう、其れは、上司らが鶴首し乍らに求めた其れでは無い。

「部長ッ！」

不意の大音量。皆一同、目を丸くして、狼狽気味に一点を見詰めた。

其の心はきっと一つ、「はいッ、何用に御座いましょうか」。

「私が入社以来ずっと主張して参りました、路面電車の復活に伴った、緩やかな刻を感じ乍ら穏やかに日々を過ごして行ける、『真の豊かな暮らし在る都市造り』。是をもう一度検討し直し、真剣に話し合う場を設けて戴きたい――」

「君ィィッ！」

言下を待たずして遮ったは、睥睨、激昂以て、話を捥ぎ取った部長。

そして透かさず、其れへ続けと許り。

「そうだよッ、生方君ッ。好い加減にし無いかッ。今はそんな話をしている場合では無い事位ッ、承知の筈だァッ」

と、係長。其れはまるで、自身の必要性を強調し、訴え掛ける様な口調だった。

けれど、そうした〝保身術〟に全く興味を示す事の無い此の才女。更に詰め寄る。

「ですがッ、そうは仰いましても、私の提示している内容は、今回の主題で有る都市計画に則った、謂わばッ、調和の取れた暮らしを支える足掛かりと成り得るッ、そうした――」

然し〝忖度〟。此の二文字こそが美徳。是を隠れ蓑に、媚び諂い駆使した処世術に心血を注ぐ事こそへ躍起に成る者共は、又しても。

「あのねェ、議題から逸れておる事が理解出来ておらんのかねッ？　……君らしくも無い」

部長は、せせら笑ったかに見えた口元を其の儘に、傍らへ一瞥擲った。

すると係長、其れへ気付き、直ちに、

「是以上、上司や皆を煩わしてはいけないぞ」

と、諭すかの様な語り口で以て引き継ぐ。

「部長はなァ、君が言わんとする事の内容等、疾っくに御見通しなのだよ」

と此処で一旦間を置き、まるで上司の御機嫌を窺う様な仕種を見せたかと思えば、二度、口を動かし始める。

「目下、我が国の科学技術は世界水準へ迫りつつ有り、多方面に亙って、正にッ、破竹の勢い其のものなのだ。特筆す可きは、環境問題に関する分野に在って、是迄と打って変わって、著しい進歩を遂げている事だッ。将来ッ、益々ッ、進化しッ、其の前途は実に華々しくッ、我々の想像を絶するッ、次世代都市空間として堂々たる姿を成し得るだろう。斯うした事柄に基づいた提議をし続けてッ行かねばならんのだよッ」

長い長い演説に、迚も満足したものか、酔い痴れた様な顔色露、左へ向け、

「そうで御座いましょう、部長」

と軽やかに締め括った。

はにかんだ風な笑みを従えた直属の部下に、又しても御株を奪われ、あの独特の節回しに気圧された心中どうにも片付かず、其の不愉快さを苦笑いでしか表現出来無い儘、上司としての矜持を保る為、彼は敢えて其処には触れず、後を継ぐ。

「うむ、其の通りッ。現在、我々が行っておる事は、未来都市実現への足掛かりに過ぎないのだよ。理解出来るよねッ？　生方君。それから――」

睥睨しつつ一息ついたならば、誰ぞに負けじと、弁を揮う。

「君が絶えず目の敵にしておる、自動車、飛行機、電子、と云った産業ねェ。どれ程の経済効果を齎しておると思っとるのかね？　君ィィ、我が国の貿易収支の要なのだよ？　国の進退を担っておるのだよ？　解らん筈も無いとッ、思うが？」

意味深長な眼差しの其の奥。見え隠れする真意。そろそろ見切り時、かな、と云った狡猾な

意図。

けれど、今日の此の日の主任、生方麗は、違う。断じて。似て非也。

「部長ッ！　部長が仰います、経済・科学と云った事象は、最早ッ、人の手に余る、得体が知れぬモノへと化けて終っているのですッ。今ならまだ、引き返せると……ですから、そうした時だからこそ、人の手に依るものでなければッ。そうではありませんかッ？　先ずは、路面電車の復活をッ。より善い都市造りに相応しいじゃありませんかッ」

上司以下、皆が、無言の行を貫いて居る中、話は続く。

「あの路面電車の醸し出す緩やかな流れ。車輪が軋む音が奏でる趣。人心を和ませる石畳の在る風景――」

「生方ァァッ!!　まだッ言うかァァァッ!!」

麗が紡ぎ出す、夢想的鍵盤の為の旋律は、部署責任者による突然の、いや、必然の、怒号に因って、跡形も無く吹き飛ばされた。

「是迄に設けてきた話し合いの結果や、たった今、猪突君が発表した内容を、一体ッ、どの様に聞いておったのかねッ!?」

「そ、それはそのぉう……」

何も言えなかった。至極当然。なぜならば、上の空で有ったからに他ならないのだから。答えに窮し、口籠もる彼女へ、畳み掛ける様に話を続ける。

「だいたい、君の言う件は、是迄、幾度となく話し合った結果ッ、採用する事は出来無いッ！　と、はっきりッ、申し亙した筈ッ」

部長は、取り乱した事を詫びる風な顔付きで他の部下達を見亙した後、右隣に浮かび在る瓜二つの不機嫌顔へ、「私は憎まれ役をまだ続けなければならんのかね？」とでも言いたげに横目を遣った。すると、驚駭にはっと息を呑み、慌てふためく係長。

「そッ、そう云う事だよ、生方君。もッもう、よさないかァ何時迄もォう……どれだけずるとォ……。抑ッ、いいかねッ？　部長はァだねェ、猪突君の意見に対し、もう一人の主任として、どうかね？　と云う質問をだねェ……其れを、き、君はァ……」

終始、裏返って終っている上擦った声に、推して知る可し。徒ならぬ雰囲気に、男主任迄もが席へ着く事を忘れ、棒立ちの儘で在った。

唖然として佇む其の彼に逸早く気付いた部の責任者は、参謀へ、「あぁ〜、君」と言う様に目配せした。すると其の意味を直ぐ様、察したならば、素早く、有望たる部下へ、坐る様促した。

着席したのを確認し終え、幾許かは溜飲が下がったのだろう、落ち着きを取り戻した表情を見せた部長が、女主任へ話し始める。

「もう一度だけッ、言う。今日の此の部署会議はだねェ、明日の本会議へ向けての、謂わば、最終調整を行う為の場なのだよ。いいね、理解したね」

此の、強制終了を漂わす念押しへ、透かさず反応した係長が補足する。

「要するに、部長の仰りたい事はだッ。企画部としての議案を満場一致させる事こそが、此の会合の目的なのだ、と云う事だ」

斯う言い終え、俯き加減で左へ顔を向け、「差し出がましくも蛇足に御座いました」と云う風な阿る態を示すのだった。

畢竟ずるに、彼女以外は知っていた。彼女だけが、報されていなかった。此の集まりの結末が、始めから決まっていた、と云う事実を。

「あのねェ～、生方君。猪突君が先程行った、プレゼンテーションをだね、大変素晴らしいィィ、スピィーチッ、をだねェ、何とも感じんのかねェェえぇッ⁉」

と、此処で不意に何かを憶い出したものか、一旦、会話を切った。そして、「そうッそうッ」と言った風な口元、蔑みで綻ばせ、再開する。

「ああぁ～、それとねェ、君は大きな勘違いをしておる様だがァ……、現在の自動車の、二酸化炭素排出量ね。然程でもないんだよ……フッ。もう違うのだよ。何時の時代の代物の話をしておるのだね？　フフッ……もう少しッ勉強したまえよッ。フフン」

確かに、含み笑いをした。皆も、釣られて――。

間違いは無い。麗の睛は聢りと捉えていた。けれど、重要なのは其処では無い。

「部長……」

（何だね？　まだ、何か言い足りないかね）

やや、煩わしさに苛立ち滲ませた顔付きの儘、無言で応じた此の上司へ、

「儲ける事許りの話なんか、是っぽっちも聞いていませんでした」

きっぱり、事も無げに、彼女は言って退けた。

――なんですとォォーッ!!

耳を疑いたく成る程の大事件を現前にし、茫然自失。一同、我へ返るには数秒を要した。そして――。

次の瞬間。寸分違わず一斉に、仰け反って居た。

だが、件の女性主任。此の場景、歯牙にも掛けず、淡々と語り継ぐ。

「ですから、私の提案は、自然との調和を主軸に、人心の礎を築く事こそが、喫緊の問題で有り、早急に行動を起こさなければならないッと。何を差し置いてでも……前途、多難の……」

麗は、気が遠く成りそうな心を、絶望に打ち拉がれそうな魂を、現在へ繋ぎ留める為、大きく頭を振った。そして、絞り出す様な語調で話を続ける。

「兎も角、何より、此の、私の計画を実行する為には、何も彼もを一ッから遣り直す勇気がッ、根源其の物を引っ繰り返し、考え直さなければならない必要が有るのです。詰り、是以上の人間だけの為の都市造りを止めて終わなければならないのです。先ずは、道路の拡張、其れらと抱き合わせ事業である、娯楽・多目的施設、住宅・高層ビル、と云った是らの建築を一切ッ、

止める所から始めなければ――」

「生方さんッ!!　好い加減にして下さいよッ!!」

ドキンッ！　と胸が止まる程の緊張が襲う。突如起こった怒声が室中に響き亙り、張り詰めた空気が孤高の彼女の話を遮断した。

憤怒の形相憚る事無く露に、凄まじき勢いで立ち上がったは、あの大音声こそは、其の主は、果して。言う迄も無い、彼を措いては居やしない。そう、其の名も猪突猛、唯一人、其の男で在った。

「俺のッ話をォォッ、『聞いていませんでしたァ』等とォッ、よくもッ、いけしゃあしゃあとォォうッ!!」

恰も躙り寄るが如く唸った。そして、本当に理解出来無い、と云った風な素振りで以て話し継ぐ。

「なんなんですッ!?　さっきからッ、御伽の世界にでもさ迷ってたんですかァァッ？　あのですねェ～、もう直ぐリニアが開通するんだよォッ！　時代はなァーッ！　スピードッ、簡潔ッ。そしてッ、安全神話ッ！　そういうッ事ォッ！　解ったかッ」

捨て科白共々、彼女の人格をも吐き捨てた是らの言葉遣いに鏤められた、「俺の案で決まりなんだよォッ！」と云う優越感。更には、ふんッと、太々しくも外方を向いて、「そうですよねッ！」と、上司へ同意を強く求める面様を向けるのだった。

そんな渋面を向ける部下の示す子供染みた態度へ辟易しつつも、躊躇い勝ちに、こくり、と首肯く、何処か頼り無く見える中堅幹部の二人。

其の一人、右側の上司が頃合いを見計らい、口を開く。

「まっ、そう云う事だ、生方君」

「生方君、君はァ〜、一度でも具体案を書類で、我々へ提出した事、有ったかね？　……皆迄言わなくとも解るよね？　まあ、そう云う事だ」

と、左側の上司が補足した。

会議室内を一望し、一息ついたなら、「まったくッ、会議が進まんではないかッ」と云った風な溜め息交じりの部長が、

「よしッ、ではァ、話を進めるぞッ」

と、一言、発した。そして女性主任へは、「もう二度と喋るなッ！」とばかりに睥睨し、男性主任には、「是で、良いな？」と宥め賺す様な視線を遣い分け、其々へ送るのだった。

彼の方は、其れを見て「はい」と云った風に、強張った表情を弛め、今一つ納得がいかないものの、向かい側へ坐って居る仇敵を一睨みしたならば、燻った想いを抑え込み、上司が促す儘に、椅子へと渋々、坐り直すのだった。

一方、正に此の波乱を巻き起こした張本人、其の渦中の女性、生方麗。どれ程罵声、皮肉を浴びようとも、未だ超然とし、毅然たる態度で以て、話は是から、と言わん許りに反駁する。

「何でも速ければ良いとか、兎に角、勝てれば良いとか……便利とは、何を以ての其れなのか……安全・安心？　そんなもの、最初から何処にも在りはしないのに……。そんな考え方の儘で、果して、何を産み、何が育まれて行くの？　其処こそを真剣に考えなくてはいけないと云うのにッ。そうでしょ？」

――なれども。

是は、誰に向けられた言の葉で有ったか。若しかしたならば、己自身へ、で有ったか。

「生方さん？　此の俺をッ、茶化してるんですかッ⁉　ハハハ、迚もッ、正気とは思えないッ！」

「えェッ？　茶化すッ⁉　まさかァ……私はッ、何時だって真剣よッ！」

（移動速度が速く成る程、観察力は、落ちると、習わなかったの？……ねぇ、慈君。此の人達が言っている事は、夢なんかじゃ無い……是は、欲望）

此の言葉こそを、あの分からず屋に言いたかった筈が、最早、声に成ら無かった。

睨み付け乍ら、今にも跳び掛からん許りの勢いへ、猛然と立ち向かった。だが不意に、相手の双眼黒々と狡猾さ宿し煌めき、口は歪む。

「あァ～、解った。清貧、って奴ッ、ですかァ？　其れで喰えるんならッ！　苦労しやッしないィッ！　慈善事業じゃ有るまいしィッ。夢の続きならッ何処か他所へ行ってッ、独りで御勝手にィッ！」

斯う言い放つと忽ちに口を尖らし、到頭、閉口した儘、他所を向いて終った。

又だ、と云った風な顰め面。舌の根の乾かぬうちに、と許りに部長が一言。

「生方君、好い加減にしたまえよ」

然し、責任者が発した此の声は、余りに落ち着きが有り過ぎた。

命令、と云ったものとは一線を画し、又、冷徹さもどうしてだか窺い知る事が出来ず。只々、粛かな響きで有った。

故に、全員が凍り付いた様に軀じろがない。猪突は目をぱちくりとさせて背筋を正し、直ぐ脇では、首を絞め上げられ踠く鶏の様な、ぎょっと器用に顔を歪ませた儘の係長。

然し、其の中に在っても猶。

「部長……諄いようでは有りますが……それでもッ、議題から逸れている等とは、どうしてもッ、感じられないんですッ。利益だけッ、利便だけをッ、最優先させる遣り方ではッ、是迄のッ、他の企業とッ、何ら代わり映えしないのでは有りませんかッ？　是では……此の儘では
……良くて、同等……」

皆が、表情を強張らせつつ麗を恨めしそうに睨まえて居る中、唯一人、彼女だけは、勇気を奮い立たせ、志操高潔、話を続ける。

「いいえッ、寧ろ、そう云った物事のみに囚われていては、何時しか取り籠められ、本来の志は蝕まれッ、何れは、遅かれ早かれ、経済と云う魔物に、あっと言う間にッ、呑み込まれて終

うだけです」

閑かな一室。

愕（おどろ）いた事に、皆一同が、必死に成って何度も上司へ説得を試みようと孤軍奮闘する此の女性主任の斯うした話を、意外にも、固唾を呑んで聞いて居たので有る。

「御自慢の車ですら、近い将来、自動化して管理しようと云うんですよ？　自動車を、ですよッ⁉」

見亙す彼女の、父譲りで有る切れ長の睛（め）を、直視出来ずに居る上司と其の手下（ぶか）達。是らの場景を尻目に話は続く。

「殺伐たる灰色の壁の如く聳（そそ）り立つ、のっぺりとしたビル群のッ、其の足下のッ隙間を縫う様に、アスファルトで覆い塗り固められた、黒々と滑（ぬめ）り輝く道の上をッ、あのッ、情緒を微塵も感じさせないッ、夥しい数の冷たい鉄の塊がッ、同じ間隔を保ち乍ら整然と並ぶ風景許りを目にする事に成るのですよッ？」

と、刹那、言葉が途切れた。

思わず其の風景を想像して終った事へ堪（こら）え切れ無かったものか、身悶えるかの様に息を呑む。

「……そして、其の発条（ぜんまい）仕掛けの張りぼてへ乗り込んだ当の本人達に、運転は疎（おろ）か、何一つする事も無く、唯ッ、惚けた儘で、乗っかって居るだけッ。此処に、何が在ると言うんですッ？　是はッ、一体何をどうした事に成るのでしょうか？　しかもッ、其れでいて、ふっ、ふふふ……『寝てはいけない』のですよ？　ふふっ……全く、笑えませんよ……」

　麗は自身の口元から零れる失笑に喘ぐ中、不意に、無情の哀しみが折り重なって、其の胸へ押し寄せて来るのを緊と感じる。月を仰ぎ、四季を感じ、侘寂（わびさび）と倶に――宇宙（こきょう）を懐（おも）う。

　彼女の神魂を劈（つんざ）き、其の軀を焦がす。

　だが、斯うした、座に堪えない虚しさに打ち拉がれる彼女の心境なぞ歯牙にも掛けない音声が、無情にも流れる。

「言いたい事は、まだ有るかね？」

　何とした声音なのだ。無機質的な其の響き。無味無臭とは、まさしく此の事だったか。

　此の音が、左からぴりぴりと伝わり来て、脳髄を殴り付けられた其の時、我に返ったが如く、悶え慄（ふる）える係長。

「うっ、うぶ……生方君……さ、さっぱりなんだよぅ……き、君ねェエ……解ら、ないんだよう、全く以て……。そ、それにねェ君ィも、もう……止（よ）さないかぁ、いっ、猪突君だけでは無くてだ、此の場に居る、全員にィ……し、失礼だとは、お、おも、思わないのかねェエ……」

　まるで、吃逆（しゃっくり）を必死に怺（こら）えでもしているかの様な素っ頓狂な声調だ。

　此のしどろもどろの旋律（メロディー）を、怯（ひる）む事無く、艶やかな蛾眉きりりと才女、是をばっさり斬り伏せる。

「運転すらし無い、自動化自動車に乗る位なら、其れって、電車で事足りるんじゃ有りません？」

（おぉ〜、善くぞ言った、私ッ）

なれど——。

彼女の出世街道の人生は絶たれたで有ろう事は、此処に居並ぶ全員が想像するに容易かったろう。

人寰に在って、此の果敢無世のみでしか決して通用する事の無い、是迄に築き上げて来た地位とでも呼ぶ、幻想劇への出演切符を手放すまいと、係長、必死の形相で口をぱくぱく。

「私の監督不行届きで御座います」

加え、

「ですが、彼処迄ッ言動が常識を逸脱しましては……如何ともし難く……。正気の沙汰とは思えません！」

等と、左手へ座した上司に、鯉の如く、

「私とて、迷惑を被って居る次第でして……」

と、潜み音巧みに斯うした弁解のみ繰り返し、愛想笑いを振り撒きぺこぺこ。我が軀の擁護へ躍起に成る許りで有った。

そして、挙げ句は、

（もうッ、已めて呉れェーッ！）

と、横睨み遣(つか)った叫喚と懇願とが入り交じる感情を投げ付けるのだった。

片や、是をひりひりと骨身に感じ、受け取る件の才媛は、少しでも気が弛めば弱音を零し兼ねない心に鞭打ち、猶も、心模様を述懐(じゅっかい)する。

「想像、出来ます？　こんな毎日を繰り返し過ごして行くなんて……。管理、道徳、秩序、安穏……是らは全部、現在(いま)の大人だけが渇望しているだけの事……。私が、子供だったら……到底ッ、堪えられない。成人の此の私で在ってもッ、こんな日々が続くのだとしたら……」

遙か遠くを見据え乍ら、そう、此の会議室に在る小さな窓から見える、狭くも、何処迄も広い空を眇視し乍ら、訥々(とつとつ)と話し続ける麗。

「こんな事許り、続けてみたって……子供達に、何が遺せるのですか？　希望を叶える為に、夢を見たり、声に出して物語ったり……するでしょうか？　何時でも何処にでも、安心、安全、便利、簡単、手軽……。差し障りの無い、見映えの良い惹句(じゃっく)許り……中身は空っぽ……。そんなモノ許りを与えるだけで……こんな事許りを考えて……躍起に成って……」

声は、最早、擦(かす)れて在る。

「こんな私達にッ、一体ッ、何が出来るのですッ⁉　子供達に、此の世界にッ……好い加減ッ、其処こそを真剣にッ、私達こそがッ、考え直さなければならないんじゃないですかッ⁉」

此処迄を、呼吸する事さえも忘れる程夢中で搾り出した声。一時(いちどき)に想いの丈を打(ぶ)ちまけ、訴えた。

其れは、胸の淵に仕舞い籠んだ儘で、何時しか心の片隅へ追い遣って終っていた、純一な誠意。

——掛け値無しの真心。此の言霊に、果して、息衝く世界は有ろう哉。

激情逆巻く胸宇。是を、どうにかして落ち着かせ様と、深呼吸。すると、静謐たる趣馨しく、眼睛の奥、意志漲る。

「現在の人間は、資本主義と云う御伽の人界を、秩序の槍で以て自らの手に因り突き回し過ぎた挙げ句、自分達で創った筈で有る此の社会が実の所、ナニモノで在ったのかが、もうッ既にして、上下左右前後が丸っ切りッ！　経済とは一体、何で、なんだったのか、其の起源さえもが、どう云った存在で有ったのか。誰一人として、説明出来ず、解らなく成って終っているんじゃないですかッ⁉」

女丈夫の篤き志に静まり返る、陰く冷やかな石板色一色で軀を裹み、高圧的に峭立する高層建築物の一室。

と、其処へ、闖入するせせら嗤い。

やはり、あの男。気障な科白が得意の衒耀で狡猾な後輩。此の世で一番、寡黙が似合わぬ痴れ者。そう、麗の真向かいに占拠する、猪突猛だ。此奴が黙って聞くだけで居る玉では無い事位、此処の全員が先刻承知。とは言え、

「ああーッ！　アンタッの喋ってる内容がなッ！　だろうがァッー‼」

是では只の、乙女の純真を揶揄う悪童然。

生方麗は然し、是へ澹かに応える。其れは、悟り、で有るかの様に。

「なぜ、逸るの？　一体、何に追われているの？　何を、其程迄に畏れるの……？」

（嘗ての私も、こんな風に……何モノかに対し肩肘を張って生きて来た……。其れは、自分自身に、だったかしら……）

皆にしてみれば、彼女の口から全く以て脈絡を欠いた言葉が飛び出す其の度毎に、困惑を禁じ得ないのだった。そして、まだ是に付き合わなければならないのか、とも。

（そうよね……）

諦めの境地だったか。

「部長の仰る通り、執拗いですよね……。失礼な言動も沢山……。でも……それでもやっぱり私は……」

何を、言おうとしたので有ったろう。

（こんなのはつら過ぎる……？　是で、終わります。……こんなのでも無い、そんな気がする）

では、一体——。

そうか、そうだ。是こそが。

『自身の影、他人の中に見出す』

斯うした事だったか。

心做しか覇気に薄らぎの窺える部下を認めるや否や、部長、勢い。

「……で、満足出来たかね。それとも……話し足りない、等と云う、よもやのッ、まさかは無いねッ」

確信に満ちた声音で畳み掛け、漸くに明るい兆しが見えてきたと、嬉々として忍笑む。

然し是へ、彼女が更に何か話そうと、口を開き掛けた其の刻、

『好い加減ッ、我々の話を聞き容れんかァッ！』と、鬼の形相で以て睥睨、威圧を仕掛けて迫る係長。

其の肩に優しくそっと手を乗せ、宥める企画部の長。

意味深長な其の眼差しに籠められたモノ、其の脳裏を占めるモノ、其れは……。

（是で彼女は……フフッ。異動だね）

と、恍惚に口を歪める。

（君に相応しい部署を宛てがってやろう。庶務課。そう、書類整理等の煩瑣な仕事が山程有るからなァ〜クックックッ……）

含み笑いを忍ばせて。

此の狡獪な責任者の斯うした口調、態度の端々には、或る種の余裕が窺え始めて居た。

「猪突君が言う様にだ、寄付金を募って、それで以て賄うと云った慈善団体とは異なるのだよ。

私企業がそんな事許りで成り立つ筈ッ無いだろう……出世に響くぞ」

コホン、と咳払い一つしたならば、声の調子を整え、二度(ふたたび)。

「六年近くも此処で勤めて居乍ら、未だ主任止まり……。私はねェ、君に期待していたのだよ。もっとッ、自分の言動に責任感を持って欲しかったものだ」

上司としての態度は疾うに決まっているにも拘らず、今更めいた。そう、もう既にして、腹の中(うち)ははっきりして在るのだ。どうでも良く成っているのだから。所詮は、他人事。好きな様にさせるさッ、と。いや、そうではなく、まるで想い出作りでもするかの様な、今日が彼女の見納め、と許りに、声と顔、仕種に至る迄を具(つぶさ)に観察したい、と云う欲求を満たしたい。そんな衝動が一人歩きして終って居る、と云った所か。

過去形一際目立つ部長の威(かたり)しが、彼女の睫毛(まつげ)へ、やけに、しかも妙な具合でぶら下がり、ゆらゆらとちらつき、纏わり付く。

けれども、今の孤高に在る才女には、そんな瑣末な事なぞに構って居られる程の刻と余裕は、微塵も無い。其の為か、いや、やっと、何が大切なのかを受け容れる覚悟が出来たからこその、其の胸の鍵、遂に、禁断の門を開く。

「皆さんは、人が夢を見る、と云う事象は、一体どう云った事なのだと、考えます？　又、自身が此の世に存在して居る、と云う、奇妙奇天烈で神秘成る此の事実。是をどう受け止め、どの様に感じ、考えていますか？」

なっ、何だとッ⁉　今にも叫び声を上げそうな位に、目玉をぎょろぎょろ。一同、驚愕の質問に気圧され、一斉に背靠(せもた)れへと仰け反った。

「まッ、又ッ、訳の解らんッ……事をッ……。そ、そんな事は、あ、当たり……当たり前の事じゃないかァァァ……」

困惑に霞み行く声音を縁(よすが)に、係長が左に黙座する上司の顔を、思わず知らず見た。其の面は、鯛が喉を詰らせた様な、何とも不細工な御造り。

「そう云う、大抵が、あ・た・り・ま・え、でッ、済ませて終う事こそがッ、問題なので有って……、答えられますか、と訊(たず)ねているのです」

係長は斯うした妙に落ち着いた声に、戦(おのの)き、戸惑い乍ら応じる。

「一体どうした……？　と、唐突にも、ほ、程が有るんじゃ、な、ないのか……生方くぅん……」

「唐突ッ⁉　唐突ですってェッ？　……どうしてェッ⁉」

肉薄する真実の声に、言葉を詰らせつつも、どうにかして此の苦しい立場から遁(のが)れ様と喘ぐ係長。

「ど、ど、ど……どうしてって……き、君ィィ……うぅ……生方君ッ、此処は、か、会議……し、室だよ……」

最早、意味は疎か脈絡さえも解さない語句絶え絶え。左隣に居る責任者へ、どぎまぎと助け

を乞う様な惨めな視線を送るのがやっと。然し、其の上司でさえ、

「生方よ……」

狼狽の呻き、将又、憐憫の呟き、或いは侮蔑のぼやき。何れにしても、一雫の語句を搾り出すのが精一杯で有った。

だが、果して、此の劣勢覆さんと、三度、あの男は猛る。

「ふッ、ふざけんなァアーッ！　此の期に来てッ、夢ッ⁉　存在ッ？　なんじゃッそりゃッ‼

あのですねェエッ、代案が無いんだったらァッ、黙ってろッ！　ってッ、言われたばっかりだろうォォーッ‼」

厳重注意されて、のっけで是だ、と言わん許り、室の天井、劈かん勢いの大音声。

そう、言わずと知れた、傍らに他人無きが如し、猪突猛で在る。

此の怒声に全員が目を白黒させ、動揺を露にして居るにも拘らず、渦中の女性は此の罵声が然も、耳に入らなかったと許り、平然と話の続きを再開する。

「……ねぇ……若しも本当に唐突な話に聞こえたのだとしたら、平生、斯うした当たり前に就いて、一番大切な事柄を、如何に真剣に考えてこなかったか、と云う紛れも無い証ッ」

困惑と疲労とをまぜこぜにした、上司と部下と、合わせて十五の顔は、又も始まった諍いが繰り広げられる闘技場へと、一斉に向けられた。是らの面様が仄めかすは、被害を蒙った現状への非難。無関心、と云う此の者達こそが火種で在ると云うに。それでも猶、只、閉口し其の

憐れみの視線を、生方麗と云う名の孤高の女性へ注ぐのみ。

そして、件の傲岸者は、水を得た魚。あれら後ろ楯に在って更に、闘争心剥き出し、

「だ・か・らッよォォォ……うッ！」

と、唸りを上げる。

「答えて遣るよォォッ！　ああァーッ答えてみせるさァァーッ！　夢はなァァーッ、夜、見てッ、朝ッ、忘れるものでッ、存在だとォォッ？　俺はッ、此処にッ、斯うしてッ、居るじゃないかァァッ！　フフンッ、見えないのかァァッ⁉」

どうだ、と一笑に付し、やんちゃくちゃガキ大将宜しく嘯く。勢い、其の高慢たる言動、愈を以て此処に極まる。

「現在の世の中ッ、みィィーんなッ、夢見勝ち。そして、何時もッ、異端児が救世主へと変化し、自分達に取って都合の好い事のみ、与えて呉れる事を靦然として渇望するッ。そうして置いて、誰しもが、面倒を厭がり、只、安穏な暮らしが未来永劫続く事だけを懇願する許りッ。そうさッ、誰だってッ、気楽に生きて往けりゃァーッ、其れに越した事は無いッ」

と、此処で一息入れる其の鼻が、見る見る内に上を向き、口元は卑しさに歪む。

「其処でだァッ。此の俺がッ、そんな、何かにつけて飽きっぽい大衆に、ユメを与えて遣ろうってんだッ。凄えェーんだよッ、此の俺の提案はッなァァッ！」

どうだ、何も言えまい、と呟いたかどうだか。そんな顔付きと眼差し以て、未だ毅然たる態

度にて坐る正面の女性を、苦々しくも見遣る。そうした彼に、彼女は喟然（きぜん）として応ずる。

「そう遣って、他人（ひと）を貶めて許りいて……。ねェ……そうなの？　貴方の言う通り、み・ん・な、なの？　本当に？」

　彼女の双つの睛が、厳かな光を放ち、的皪と輝いた。

「はッ⁉　はあァァァんッ？　一体ッ、何言ってんだ……？」

目睫（もくしょう）の確かに在る神々しさへ鼻白む、猪突。だが、そんな無頼漢なぞ一顧だにせず、麗は続ける。

「私には、解らなく成って行くの……。答を探し当てる為に、考え続ける事に因って……そう、考えれば考える程、何一つとして……さっぱり。……私には出来無い、どうして何も彼（か）もを一つの事柄で決め付ける事が出来て終うのか、と……。だから、何時も考えるの。当たり前とは？　自分が此の世界に存在して居るとは？　人が夢を見るとは？　斯うした事象とは、是らはどう云った事なのか、と……」

　一体、何処へ向けられたものだったか。いいや、はっきりとしている。他の誰でも無い、生方麗、存在たるへの言葉で有ったたに違い無い。

「なッ⁉　なんじゃそりゃァッ！　あのですねェエッ……自分で訊ねて置いて答えられないとはッ、どう云う了見なんですッ⁉　……生方さァんッ、アンタこそッ、失礼極まりないんじゃァないですか？　一体ッ何を、くッだらないッ事をブツブツとォォ――」

言下を待たず。

「下らない？　……本気、なの？　……私は只、皆さんの会話から推測し、貴方の言う、斯うした〝当たり前〟の事柄を既にして、悉くを、然も、理解し尽くして居るのだから、其の先へ進んだ会話をして居るものと……私にはそう窺い知れたものだから、教えて貰えるものと許り……だから、単に訊ねただけ。なのにッ、其れを貴方は瑣末な事だなんて口にしてッ。でも、本当にそうなのかしら？」

（はあァー、言っちゃった。てへっ）

なぞと、心の中で戯けてみせたは、自身の精を援おうと試みての事だったか。

一方、似非超人間的男主任には、斯うした彼女の機微に触れている余裕等、微塵も無かった。なぜなのか。あの一年先輩から発せられるふわっとした感覚を憶える物言いが、むず痒くて仕方無く、まるで、どうにも届かぬ箇所が掻けぬ、と云った風な苛々を募らせる許りで居たのだから。

切歯扼腕、唸り乍ら苦り切る猪突猛。

其の怒りに歪めた面様、露に、貧乏揺すり迄をも憚らぬ部下の容相から、其の心裏を逸早く察した部長は、生方麗の顔をまんじりと眺め見たならば、徐に口を開く。

「まあァ、今日の処は、穏便に済ませようじゃないか。……君の処遇に就いては追い追い。まっ、兎も角、明日の合同会議では、彼の案で行く。即ち、必然的に彼も同行する。そう云う事だ」

斯う宣告した。

と、此の刹那、大事を憶い出したかの如く、倏然（しゅくぜん）と付け加える。

「あァあァァァ、其れとねェ、明日は、君はねェ、一切ッ、口出し無用。本来ならば、遠慮して貰いたい処なのだがァァ、まあ……解ったねッ、良いなッ」

意味深長な言い回しで、念押しを済ませるのだった。

飽く迄、権力（ちから）を差し翳（かざ）す姿勢崩さぬ上司に対し、彼女も又、項垂れる儘で反発心露の構え譲らず。返事をしたものかどうかさえも疑わしい態度で動かない。

そんな、どうでも良く成った部下とは言え、眼前に在る控え目さ微塵も見せない容相に、やや苛立ち憶えるものの、是を以て受諾と見做し、さっさと会合を煮詰まらせたく逸る部長、傍らでおたおたする係長へ、顎で刳（しゃく）って催促した。

其れを合図と見て取るや否や、小さく咳払い済ませたならば、直ぐ様、再開す可くを示す。

「是以上ッ我々が生真面目に、誰ぞを構っている事程ッ、無意味な事は無いッ。詰りだッ、何時迄も取り沙汰すに値し無いッ話へだなァ、時間を割くのはナンセンスッ！　加えッ、此の貴重な時間をだッ、無駄に費やしていられる程ッ、暇では無いからしてェエッ」

と、侘しげに俯いた儘の女性主任を一睨み。「実に怪（け）しからんッ」と云った風な顰め面で嘆息をつくも、一呼吸置き、気を取り直し、彼女以外の部下へ顔を向け、話し継ぐ。

「よおォ〜し、時間も時間だ、早々に結論迄、漕ぎ着けるぞッ。では、誰か、猪突君の案に対し、意見、質問等は無いか？」

係長はざっと部下達の顔付きを見互す。そして、満足気に声を弾ませ乍ら、更に言葉を継ぐ。

「えェー、無い様で有れば、明日に向けての総纏めへ移りたいと思う。ではッ、部長、御願い致します」

斯う言い終えたなら、左の上司へ辞儀をし、正面へ向き直った。

女丈夫の突拍子も無い話が忽然と飛び出し、更には、其れを皮切りに、主任間での一触即発の事態をも招いた会合では有ったが、事無きを得るに至り、安堵の胸を撫で下ろす部長。会議を頓挫させ掛けた張本人を尻目に、話し始める。

「唯今（たった）し方、満場一致により決まった猪突君の素晴らしい提案。明日はッ、是で臨む事とするッ」

切り口上で締め括った。すると、俄（にわか）にほくそ笑みつつ、少し砕けた語調で話は続く。

「いやァ〜、然し、一時は此の会議もどう成って終うものかと、肝を冷やしたがァァハハハ……斯うした困難も、皆の力で乗り切る事が出来たァッ！　……どうだね？　此の強固な団結力を活かしてだねェエ、我が社の発展の為ッ、尽力して行こうじゃないかァ。諸君ッ、未来は明るいぞォッ！」

呵呵と喜色満面。是へ、係長以下一様に、拍手喝采、称（そや）す。

斯う云った場の雰囲気に気を良くしたのだろう、突然、饒舌な、或いは、何処かしら酔い痴れた感じの口調で以て、件の選抜組社員へ言寿(ことほ)ぎを添える。

「猪突くぅ〜ん、ではねェエ、早速では有るんだがァア、更にッ詳しくだね、聞きたいんだがァア……、あァー、何だったかなァ？　そのォう……えエー、通訳、人形……だったかな？　其の件(くだり)なんだがァア……其処の辺りから、なんだがねエエ〜」

と、然も舌でも纏(もつ)れて居るかの様だ。

　が然し、此の、のらりくらりの調子に猪突も又、欣喜雀躍、待ってましたと許り、此処迄の不貞腐れた言動なぞ一瞬にして何処ぞへと吹き飛ばして居た。つい先程の諍い等、まるで無かったかの如く靦然とくるり一転、鼻はにょきにょき遙か天を目指して行き、自信の蘇った高慢な面構えへと見る見る内に変化する。其の得意顔、今にも雀躍(こおど)りでも為出来(しでか)すかの様な振る舞い。まさしく、気障男らしいと云うもの。愉色の弄舌(ろうぜつ)。

「まあァ然し、彼女が言っている事は……何でしたっけ？　……あぁァそうそう、存在がどうとか……でしたか？　ハハハ」

　困り者ですな、と許りに嗤う。

「まあァ〜、何はともあれ、まるで成ってない。脈絡に欠き、何を言ってるんだかッ、全く以てさっぱりさッ。致命的でしょうねェエフフフ……。当然、提案に成る訳も無く……抑、議案と呼べるものを口にして来たかどうかさえッ、疑わしいじゃないですかァ〜。酷過ぎるにも程が有るでしょうにィッ」

キッと一睨み。項垂れた儘の旋毛(つむじ)へ向けて、蔑みの言葉を続ける。

「要するに、夢が無いんですよ、夢が。……僕が思うに、きっと彼女も病んで居るんでしょうねェエー、世間の人達同様に……。だからァ、あんな風な、根暗に成り果てるんでしょうなァア……」

嘆かわしい限りだと云った風な、憐憫の表情を是見よがしにひけらかした。

然し、此の男の話は是で終わりではない。そう、此処からが本題なのだ。是こそが、自称逸材(エリート)の真骨頂なので有る。

「可哀想に……。現代人は、斯うした空虚の世界で心を晒し続けると云った憂き目に会い、癒やされる事も無く、そんな毎日を喘ぎ続けて居るのです。其処で、ああした人達を救う可く、僕の提出した案が、必要不可欠、と斯う来る訳なので有ります」

と此処で誇らかに深呼吸。襟を正し、語調を整える風な仕種で話し継ぐ。

「何時迄もくよくよ考えるのでは無くッ、嫌な事、つらく苦しい事も、さっさと忘れて、未来に向かい前だけを見据えて進む為の希望を与える。世の為ッ、人の為ッ。是こそがァッ、僕の様なッ〝選ばれし天才(もの)〟に課せられた使命ッなので有りますッ！」

何とも鼻につく此の気障男の演説は、留まる所を知らぬが如く滾々(こんこん)と続くので有る。

「人と人とが手と手、聢(しっか)り取り合い、其れに加えッ、最先端技術を大いに驅使しさえすればッ、どんな苦難も必ずやッ、乗り越えられるものとッ、確信して居るので有りますッ。そうなんですッ！　最早ッ、理想郷（ユートピア）は、単なる夢の世界ではなくなって居るのですよォッ。近い将来ッ確実に、現実のモノへとッ。そうした確証たるをッ、世界中の人々へ与えッ、其の手で摑んで貰うのですッ！　我が社は、其の掛け橋と成る可くッ、先頭に立って、牽引して行かなければ成らないのですッ！」

　気随者による詭弁は、独裁者然として、佳境へと、思い通りに進み行く。

「詰りはですよッ、『近未来への期待』と云う、謂わば、輝かしくも眩し過ぎない〝光〟こそがッ、廿一世紀に生きる人民にはッ、必須なので有るとッ、此処に明言するものでェッ有りますッ！」

　自身が発する一字一句へ陶酔し、朗らかな笑みを湛えつつ、気付かぬ内に立ち上がって居る此の男が口走った〝選ばれし〟と云う言句に、其処に、化学反応を示した者らは、混迷に混惑し、顔を顰めるも、余りの煩雑さに気圧され、何時しか思考を停止（やめ）た。目をぱちくり、口をぽかあん。まるで、雛達が餌を放り込んで貰えるのを鶴首して居るかの様な場景。

　そうした中に在って、部長は、ほんの僅かな、どうにか保たれた理性で以て、まあ……取り敢えずは席に着いて……と云った後悔。或いは、片付かない心地をどうしたものかと持て余し気味で、おろおろして居たに過ぎなかったのかも知れず。又、直ぐ右横でも、時計と睨めっこ、時間を気にする素振りで必死に誤魔化す、係長。そして、黒髪の渦巻き、ぽつん、と一つ。

然し、いや、やはり、と言う可きで有ろう、斯うした状況を眼の当たりにしているにも拘らず、因業者は歯牙にも掛けぬ態度露に、平然と、「皆さん、どうしちゃったのかなァ～!? そんなに戸惑った顔なんかしちゃってェ～」なぞと、今にも音声へ変換し兼ねない勢いで、

「夢ですよッ。ゆ・めッ！」

此の一語を強調した。解るでしょ!? と。

こんなふざけた講演を、二度、聞かされる破目に成ろうとは。独り絶望に打ち拉がれ、頭がくらくらする中、益々、暗く深い淵へと沈み行く麗。乱暴さを雄弁に物語る入社来の言動。是を、やはりどうにも赦せず、思わず知らずに睨まえて悵然たり。

（此の男は、さっきから一体全体、何をッ、どうしたいの？ 延々と、何をッ、喋り散らしているのッ？ 此の男は……）

若しかしたらば、是は、或いは自身への問い掛けだったろうか。

然し、猪突猛と云う後輩は、此の主任は、今の懐裡、聞こえたぞと、然も言いた気にニヤリ、不敵な笑み薄ら泛かべ、故意に彼女からほんのり視線を外す仕種を見せたならば、

「可哀想な人達を、倶に、救済いましょうゥッ！」

仁王立ちで、けれど満面の笑みを浮かべ乍らにして、其の煌めく眼の奥、邪成るモノ潜め、皆を見互し、生方麗を、見下ろす。

「要するにですねェエ、格差社会と呼ばれて久しい現代を生き抜く為には、此の現実を直視せずに済む、そう云った日常空間がッ、詰りは、癒やしがッ、なくてはならないのですよォッ！　民衆は、疲れ切って居るんですッ。ですからァ、少しでも繁雑さを取り除き、憂い事等気にしなくとも良い不安解消、安心・安全の確立の元ッ、日々を暮らす……噫乎、何てッ素晴らしいッ世の中なのでしょう」

一様にして押し黙って居る。惚けた様に。唯一人。孤高たる双つの睛を除いては。

だが、傲岸者の饒舌は更に滑らかかと成り行く。

「斯うした事柄の其の対象は、何でも良いのですよ。兎にも角にもッ、現在、大衆が置かれている状態の等身大其の儘の有り様から遁れられ、猶且つ、一瞬間でも永く、忘却の彼方へと押し遣れるので有ればねッ！　其れ位に、昂奮を掻き立てて呉れるもので有りッ、そしてッ、其れらはッ、縋り付けるものッ、でさえすればねッ！」

と、此処で、気障っぽく前髪をほんのり掻き上げ、間を取り、

「ほらァ～、よく言うじゃないですかァァ、何とかは藁をも摑む、とね。……そうでしょ!?」

皆の反応が今一つ薄く感じられる事へ、腹立たしさを憶えたもので有ろう思しき口元、微かな引き攣(つ)り見せるも、話を進める。

「……まあ、ですからァ、そうした人達の為に、此の僕が立案した、近未来居住空間成るモノを与えて上げるのですッ。そうなのですッ！　此の天才(ぼく)がッ、人心をッ、救うのですよォー

ッ！」

高らかに雄叫びの如きを上げ、ちらりと見遣るは、唯一人。

生方さんッ⁉と、嘲る風な声柄だった。衒学醸す醜き面を薄ら笑いで歪め、其処にそうして在る。そして、〝夢〟と題した欲望物語は、やはり尽きる事は無い。

「……解り、ますゥ～？」

「いやぁ～、すみません。何だか前置きが随分と長く成って終ってハハハ……。ええっとォ……あッ、そうそう、詳細を、でしたよね、部長ッ。ハハハハハ、御待たせして終いましたッアハハ……」

其れへ、慌てて、「いやいや良いんだよ、時間は有るから」と云った風な顔を向け応じる上司二人。其の面をまじまじと見乍らに、説明が漸く始まる。

「えェ～、是からの時代、癒やしを提供するのはッ、ＡＩ技術の目紛しい躍進による、ロボット事業なのですッ。ですからッ、是らに関連する、ハイテク企業やテクノロジー産業との提携が不可欠ッ」

と、言下を待たずして、部長。

「だがねェ君ィ……二人三脚と言っても、我が社には其れらに纏わる企業との繋がり等……。故に、社長が社運を懸け、新しい分野へ進出する可く、其の為のッ、合同会議を明日、執り行おうと、そう云う次第なので有るのだがァ……」

此の質問に対し、透かさず答を発する。

「部長ッ！　其の辺りッ、御心配御無用ッ。もう既に根回し、整っていますッ！」

「何とォッ！　寝耳に水ッ！」

上司の瞠目する反応へ、ニンマリ。

「斯う云う事も有ろうかと。実はですねェッ、僕には、此の手の会社にちょっとしたコネが有りましてね……フフフ、昵懇の間柄でしてね、其処の重役と……」

ほくそ笑む気障男。そして、まるで子供が遠足の話を親へ伝えるかの様に、喋り継ぐ。

「それでですねェ、僕の構想は、『可動式通訳ロボット』と云う、人工知能搭載地上走行型ドローンなのですッ。世界中の言語翻訳は朝飯前ッ。観光案内も勿論ッ、病院、宿泊施設の案内、そして、送迎予約の手配迄をも熟(こな)して終うのですッ。しかもですッ！」

此処で驚いてはいけません、と許り、

「更なる画期的な機能はッ！　何とォッ！　迷子にも聢りと対応出来るのですッ。最寄りの警察署、若しくは交番迄、道すがらあやしつつ、安全に誘導して呉れるのですッ！」

と胸を張った。そして、矢継ぎ早に言葉は紡がれる。

「此のロボット、背丈は百廿センチ程。威圧・圧迫・脅威等、一切感じません。足元こそは、安全性・安定性等を鑑みまして、キャタピラー式では有りますがッ、腕に至りましてはァッ、略(ほぼ)ッ、人間の其れと等しく動かせますッ。又ァッ、表情も、液晶パネルを応用させたディスプレーによるゥッ、多彩な表現が可能なのでェッ有りますッ」

　すると此処で、大きく息を吸い籠めたならば、「皆さん、御待ち兼ね」と云った風に、満を持して発表する。

「えェーッ、其の名もッ、『DOLLY（ドリー）』。どうですッ!? 可愛いでしょう? 癒やし効果満載ッ。それで以てッ、此のDOLLY事ッ、人型マスコットロボをッ、役所、警察署、交番や駅にと、先ずは数体ずつ配置するのです。斯うした僕のアイディアが実現さえすればァッ、我々はッ、まさしく真の新しい世界へッ、未曽有の境地へ足を踏み入れる事とォッ成るので有りますッ。是ぞッ、人類の誇る可き人工知能の賜物なのですッ!」

　と、力説する名付け親。此の親莫迦振りへ、予想外にも室内は響動（どよ）めきに揺れ、「おお!」と云う感嘆詞に溢れ返り、満場の喝采を浴びせるので有った。

「いやはや、遉はッ期待の星、猪突君ッ。目敏（めざと）いなァー。根回しにも余念が無いとはッ、恐れ入ったッ。然しィィ……」

（はて……、履歴書にそんな事、記載して有ったか?）

　と、係長の顔を唐突にもまんじりと見詰める其の部長の顔を、訝しみ乍ら係長もじっと見詰め返して居た。

「まあまあ、僕の素姓なんかはさて措きッ。さあッ、続きをッ!」

　彼は彼らしく、はにかみつつ戯けて見せた。

「其の他にはですねェエ、防犯カメラとも繋がっておりましてッ、ムフフ。もうッ安心・安全はッ、神話に非ずッ！」

「おおォーッ！　益々を以て素晴らしいじゃないかねェー」

と、上司の二人。其れへ続けと許りに部下達が、

「こりゃァ最高ッ！」

「凄いッ凄いッ！」

「何てッ画期的なのォッ！」

「此の部署の俺達が立役者に成れるなんてェッ！」

「夢のようだわァーッ！」

と、確かに夢見心地。銘々口々に、音声へ変換するのだった。

迎合する者達からの絶賛を博し、脚光を浴びた、高慢且つ乱暴者の尖鋭成る志向は、省みる事無く驕僭（きょうせん）す。

斯うした茶番劇を際限無く繰り広げる眼前に在る役者達が、其の科白が、いや、此処、舞台其のものが、倏然と視界を狭めつつ遠ざかって行く奇妙な感覚を、ぼんやり憶える孤高の女性（ひと）。

何時しかゆらゆら揺れ動き出した精神は、宙を漂い始める。

直ぐ間近な、或いは、遙か間遠い、そうした処から零れて来る破（わ）れた音を、聴く。

「迷子かどうかを、どう遣って見分けるの？」

「其れはですね、ＤＯＬＬＹに内蔵されたセンサーと小型カメラとで其々、心拍・脈拍・体温を、そして、人の目と。此の様に、ＡＩと人間とによる監視態勢で判断しますッ！　どうですかァ？」

再度、室は喚声と歓声とで沸き返った。皆が一つの方向へ傾倒して行く。誰一人として懐疑的な言葉を述べる者は、最早、居無かった。

麗の意識は、今、正に、ふわりと宙へ浮く感覚に裹まれ委ねられて在る。鳥が大空へと舞い上がるあの瞬間の様な、翼を持った経験等無い筈なのに、どうしてだか、此の忌ま忌ましい重力に抗い、そして、勝ち誇るが如くに、宇宙へ羽搏く、あの一刹那の事を認識っているかの様な其の心持ち。

噫乎。決して、厭いでは無い。

まさかな。是は若しや、彼女の神魂が絶望の昏冥に在って惑い、虚空をさ迷い流れているだけだったろうか。

（夢ッ⁉　何を、誰に、与える、ですってッ⁉　貴方の言っている事はッ。貴方がしようとしている事はッ……単なる、自身の願望を叶えんが為ッ、のみではなくて？　其れを、言葉巧みに掏り替えて……）

――人類とは……フフッ、是程に傲慢たる存在として、成り得るモノで有ったとは。

（一体、どうして？　どうしてなの？　山を切り崩し、川を堰止め、海を汚染して空を冒瀆す。そう迄して、其れ程迄に、発展とは成され続けて行かなければいけない事柄なの？　若しも、そうなので有るなら……私には、無用の長物……抑、他人が言う、此の〝発展〟って、何？）

狷者たるは、無欲恬淡との裏返し。と、果敢無乙女純真成る心、悲痛の叫び虚しくも、喉元より出でず。否、或いは、発せた処で、此処の者悉く、響きや終い。

目睫にて、ちかちかとちらつき蠢くモノは、既に井戸端会議に成り果てた鳩首雑談会。其の心地好さそうに弾ます数多の音声は、最早、暴徒。

現在、麗の頭の中では、あれら荒くれ者共が、ぐるぐるぐるぐる驅けずり捲って居る。此の、生き地獄。


――憐れ也、彼、魂。

既にして、退っ引きならず。

窓越しに望むは、矩形で囲われた小さな小さな、なれど、崇高き天。


噫乎――。そうか。

此の、違和感。

此の、不快さ。

此の、脱力感。

そして、あの、絶対的絶望だけが澱(おり)と成って、心の深淵に、厚く折り重なる。

其の、源泉は。

人の、浅はかさ。

尽きぬ欲望に在って、現代人のあざとさを、看破(み)る。

そうには違い無い。違いは無かったのでは有るが、此の刻、件の才女の心を占めるは、先程来、自身の意志を遮り斥ける者達の言動に絶句し、身じろぎ出来無いで居た自分の事であった。けれど、能(よ)く能(よ)く考えずとも、あれら現状は、今日に始まった出来事では無いと云う事実に今更めく。彼女と云う存在其のものを貶め、鼻で遇(あしら)う者達。其の度毎、自分の言葉足らずに帰因するのだと戒め続けて来たけれども。自分の人格への理解等、彼女は望んでいやし無いし、求めもし無い。そう、一度として。只、其々、一人一人が彼女の言葉を介し、考えると云う事への手掛かりにして欲しかった、だけ。

（……ううん。そうじゃなくて。全て、気付いて居た）

『真意は決して、伝わらないもの』なのだと。

何と成れば、『個々人其々の、解釈と享(う)け止め方は違い、又、そう有って然(しか)る可きもの』なのだから。

今日、是迄の日々で、顔を突き合わせる其の都度。或いは、あの、嗤誚に歪めた口を開く其の度に、上司の科白は決まって、我が社の行く末と其の繁栄。そして、其の為だけの利益追求、のみ。

（どうして私は律儀にも、ああした実利主義者なんか相手に……してきたのかしら……）

六年もの月日を費やして迄。

（懸命に話を、真剣な説得を、試みて来たの？）

虚しさ抱え乍ら、こんな考えをぼんやり浮かべて居る自身を、自照する自分が、唐突に、だけれども、必然で有るかの様に、

（噫乎……、お父さんの夢を、見るものだから……）

どう云った訳からか、自身を納得させ様と、そう云う事で片付け様として居る。

（そうなのね……）

有り触れた、理由。〝生い立ち〟と云う、呪文。

——侘しら也。

彼女は、我が人生の煩悶の原因を掏り替え様と奔走し、躍起に成って居る自分が、此の刻程、憐れに感じた時は無い。

——果して、其の元凶は、其の要因は、外側に在ったろうか。否ッ。如何なる時と在ろうとも、是、必ずや、心中に在り。

（父と……母と……へ、一向（ひたすら）に……謝る、一随な姿を……私が、私を、傍観して居る……夢）

自分と云う存在を認めて貰わないといけない、と云った幻想を、愚陋（ぐろう）にも抱き続けて在る其の娘心は、未だ、父親からの赦しへの渇望に悶え、母親への償いと云う願望へ縋る。

斯うした胸宇の現況。

（他の誰でも無い。自分自身が一番ッ、此の私を恕（ゆる）して居無いッ。此の存在自体を許さないッ。来し方を、自己欺瞞に依って粧（めか）し込み、生きて来て終った、此のッ、私自身をッ）

だから――。

ずっと、自分の良心へ、責罵と詰問との繰り返しの日々を過ごして来た。

母親は、幼き麗を女手一つで育てた。大学進学も赦した。

其の代償が、蹇跛（けんぱ）の生活。

大学卒業後、彼女は懸命に仕事を熟した。二年後には、主任にも成れた。

母への恩返し。辛労への贖罪か。

（けれど、些（ちっ）とも、心は晴れないで……。私は、此の他人（ひと）達が言う様に、此の六年もの刻みを、無駄な時間（とき）として費やして終ったのだろうか……本当に……？）

『いいえッ。其れはッ、此方の科白よッ！』

なぞと、怨み節唸り、目睫の情形睨まえてみた処で、『蓼喰う虫も好き好き』。

――是ぞ、まさしく、浮き世の常。

耳障りな、あの男の気障な声音。

一辺倒な、上司達の胴間声。

是らへ逐一阿る、取り巻き共の猫撫で声。

斯うした、煩瑣で、だが、其の実態は瑣末な事象。此の悉くが、次第に遠退いて行く。

遠くへ。遠くへ――。


ヒトは、此の世へ生まれ堕ち、人寰にて其の存在が認められた刹那の刻より〝独りの人生(みち)〟は始まる。

そう、己と云う生き物は、存在は、世界中のあらゆる場所を捜そうとも、二人として存在し得無いのだから。

――譬えば是を、孤独と呼称(よ)ぼうか。

人は言う。では、ヒトが生きて行く理由とは一体、何か、と。

――強いて答えるので有れば、其々の運命とやら其れ自体に、意味等、無い。

そうと在るから、そうとして在るのみ。人間とは、個々人が、そうとしか生きる事が出来無い。そう云う存在。

――抑、〝強いて応ずる〟なぞ、愚行也。

故に、精神と肉体とを持った其の時より、其の軀が滅び、魂が宇宙(こきょう)へ還る其の瞬間(とき)迄、人は、悉くの〝当然〟を、当たり前とは何か、と問い、考え続け、そして『善く生きる』のみ。

――そうでは有るまいか。

如何なる事象に於いても〝意味〟を欲したは、何時何時(いつなんどき)と雖(いえど)も、人間(じんかん)だけではなかったか。


麗は改めて、問う。

(どうして……何でだろう……なぜ、あの時、私は、慈君にあんな事、訊いたの……かな)

『夢を見る』とは、なぞと。

夢を見ると云う事と、過去の記憶を手繰り寄せ想いを馳せる、と云う事とは、是こそが、或いは、同じ事柄なのやも知れず。

(だって、そうじゃない?)

其の時の意識なんてものは、此の刻には、もう既にして、遥か彼方の目睫の宇宙(そら)へと羽搏いて居るのだから。

是こそが、『夢を見て居る』と云う、紛れも無い真実の微睡み。

そう、瞼を閉じれば其処へ、茫洋とした広がりを見せる、あの藍青色の暗闇。あれこそは、我が神魂の故郷(ふるさと)、宇宙、其のもの。望郷の想いに在って、目にする其れは、記憶が導く魂達の宿り木、宇宙(ふるす)への家路。何時終えるとも知れぬ、抑、出発(はじまり)は、何時、何処からだったろう。判然とし無い、果てしの無い、精神の旅。

是こそが、人の言う『夢を見る』と云う事。

（きっと、そう云う事……。夢は、彼方に在るで有ろう昔話を、憶い出そうとして居る自身の姿への、哀調。そして、旅愁。……だって、そうじゃない？　心憶え（こころおぼ）も又、鮮明に、此の睛へと冴え亙るのだから）

「うふふふ……」

（そうね、本当はあの時、私自身へ、質して居たのかも知れ無い。……慈君の事、困らせちゃってたのかなぁ～。てへっ）

ふと、そんな惚気（のろけ）染みた言の葉を脳裏へ描いて居る自分に、彼女は気が付く。

くすり、と咲（え）む。


夢と現との境とは、果して何処なのか。眠った時か、将又、起きた時か。此の事象は、生と死との界（さかい）と等しく在る。そうだ、此の絶対的混沌。抑、悉くに、境界成るもの等、在るのだろうか。在るのだと、思い込んで居るだけに過ぎないのでは。

或る瞬間より、知らぬ間に眠りへと落ち、次の刹那の刻、目が醒め、其の時、初めてヒトは、噫乎、睡って居たのだな、と解る。そして同時に、生は二度（ふたたび）、始まる。目覚めなければ、其れで其の者の世界は、終わりを告げる。其れだけの事。其れが、人間の一生。生まれたから、死ぬ。そんな、当たり前こそが、人生。

だからで有ろうか。ヒトは、此の畏怖たる現実から遁れたいが為、若しやすると、人類は頓に、何事へも境界線が存在するものと思い込もうと、此の〝境界〟と云う語句に縋り付いたのかも知れ無い。

無慈悲成る現世から目を背ける為、無情の日々の苦悶を忘却と云う彼方へ押し遣って終う為、ヒトは、仕事に、娯楽にと、豪奢な酒宴(うたげ)に耽悦(たんえつ)する。真実を靦然として蔑ろに出来、余所事(よそごと)へ平然と興じて居られる。此の坤輿にて、惑溺の中に在って、息をするだけの存在共。

——其れが、人間。

地球と云う嬰児は、母たる宇宙の搖り籠無くしては存在し得無いのだ。現代人の悉くが是を、こんな大切な事を、忘れ去って終った。微塵も、憶い起こそうともし無く成って終った。

そんな、憐れで哀しい、孤独な存在。

——其れこそが、人間。


世界には、有りと有らゆる考えが存在して然る可き。又、それで、善い。寧ろ其れこそが、至極、自然な事象。何人(なんぴと)たりと雖も是、侵す可からず。仮令、其れが自身に取ってそぐわぬ思考と志行で有ったのだとしても。

『悪法も又法也』

とは、はて、誰の言葉で在ったか。

『他山の石以て玉を攻む可し』

――自分がどう在る可きかを、己が神魂へ問い続ける事こそが、肝要と知れ。

（そうよね。探究、考究、と云った心は、常に内側へ向いていなければいけない。其れこそが内観。そして、向上心へと繋がりを、見せて行く）

世の人々、誰にも。そう、其れが例えば、覇者で有ろうとも。其れが例えば、愚者で有ろうとも。個々の意志に対し、排斥・排除と云った尊厳を軽んじる行為は慎む可きで有り、況して、是を行動に移すなぞと云う権利は、決して無い。其の筈。

――なれど、是も又、ヒトの意向也。

呵呵と鴉は嗤う。矛盾とは、如何成る場所にも必ず浮游して在るものよ、と。

斯うして、憶い返してみれば、麗は何時も、同じ感覚に裹まれて在った。そう、此の形容し難い、浮游感。

「……慈君なら、なんて、言うのかなぁ……」

（訊いてみたいな。話してみたいな）

乙女心は、無性に居ても立っても居られ無く成って居た。此の逸る衝動に気が付いた其の刹那から。

「そうだっ。今度の日曜、お弁当なんか持って、出掛けよう。そうして、柔らかな陽射しを浴び乍らに、芝生の上なんかで緩り……言の葉を、紡ぐの……えへへっ」

（やっぱり、ほんのちょっぴり困った風な、それでいて、照れ臭そうにはにかんでみたり、するのかなぁ……）

　想いも掛けず、笑みが、口元より、はらりと零れる。

生方麗。彼女は自分でも驚く程、妙に朗らかで穏やかな心を抱いて在る自己を認めて居た。

一度、大きく背伸びをして見せ、帰宅の途に就くのだった。

依然、其処に在る、囲われた四角い瑠璃色の空には、冷やかに突っ立つ高層物と高層物との罅隙から、弱くて、小さな、けれど、逞しく、頓に瞬く星が、其の煌めきを見せて在った。

まるで、是も又、瑣末な夢さ、と言わぬ許りに。

第三幕　追憶（ついおく）

『夢』――。

此の、得体が知れ無い存在は一体、どう云うものなのだろう。何処から来て、何処へ導こうと云うのだろう。

科学が示す「脳の生理的活動」だけで片付いて終うのか。其れは、毎日睡る度、無意識の中で起こる脳の働きの一つに過ぎないのだろうか。本当に、其れだけの事なのか。

だが此処で、考え留まってみたならば。

人が睡眠状態の中、謂わば臨死に在ると言っても過言では無い状況に於いても猶、彼程鮮明な映像をまざまざと、我々の眸へ、いや脳裏と言う可きか、是らへ、時に克明に、時に曖昧に、映し出す。

斯うした現象。真実は、畏る可き事象が起こっているのではないのか、或いは起きているに違いないのではないか、と、なぜ、人々は考えないのだ。又、考え様ともし無いで過ごして行けるのだ。そして、斯うは考え付かないものだろうか。

『果して、此の〝夢〟成るものとは如何な事柄で在ったろう哉』と。

更には、

『〝夢〟を見るとは、どう云った理なのだ』とも。

そうなのだ。一度、瞼を閉じたならば、双つの眼に何一つとして見る事、能わず。いや、詰りは、字義が示す通り、目睫に淼漫たる群青の宇宙、真っ暗闇が在る切りなのだから。

それなのに、其の筈で有るのに、そうにも拘らず、どうしてだか、彼〝夢〟成る存在は、此の眸へ、此の脳裏へ、鮮鋭にして映り籠み、神魂を焦がすのか。

斯うした、漣だつ疑懐が寄せては返し、繰り言として胸裡を廻る。

人々は、斯う云った日常茶飯に起こる現象一つでさえにも、何一つとして、きちんと答えられないでいる存在だと云うに。そうで有ると云うに、どうして人々は、過去に戻りたいだの、未来はどう成っているのかなぞと、本当は在りもし無い、個々人の其々の脳裏にしか存在し得無い物事へ、現を抜かしていられるのだろうか。

人類は、何一つとして、識ら無いのだ。何一つとして——。

それなのに。

いや、そうだとも言い切れぬやも知れず。他者共よりほんの少し、謙虚で、真摯に生き続けている者達には、唯一つ、識り得る事実が有る。其れは、『自身が何も知ら無い』と云う事。

そう、彼、金言。

『無知の知』

*

「夢を見る、なんて事は、当たり前。人々は、斯う容易(たやす)く口にする。けれど、本当にそうなの？　目を閉じ、睡っているにも拘らず、映像が此の眼へ映し出されると云う、正に摩訶不思議成る此の現象を、驚きもし無いでいられる、数多の他人(ひと)」

此の敢言(かんげん)を憶(おも)い起こし、どきりと云う心臓の鼓動を総身で聴く度、斯うした事柄を語り合った記憶が、まるで昨日の事の様に現在(いま)、まざまざと蘇る。

そんな件(くだん)の男子、添上慈愛(そえがみよしあき)——。


「目を瞑って、眠っている……しかも、無意識の状態で在る筈ッ、なのに、此の睛(ひとみ)に映り見える。正に神秘……なんて不思議で、素敵なのかしらぁ。ねぇぇ～」

麗しき我が愛(いと)しの女性(ひと)が奏でる清麗たる言の葉、魂を熱くせん。其れは、譬(たと)えるならば、夜想曲(ノクターン)。

けれども、確かに此の『〝夢〟を見る』とは、本当に不可思議な現象だな。

人は普通、目を見開いて物事を捉える。其の筈。そうで有るのに、昼下がりの仮寝(うたたね)や夜の睡眠等に見る夢は、目は閉じられ、意識さえもはっきりして居無い状況にも拘らず、恰(あたか)も今、眼前で起きているかの如く、時に色彩に富み、時に黒茶色(セピア)で有ったり、白黒色(モノクロ)だったりと、美事(みごと)な迄に双つの矑(ひとみ)へ映し出される。

とは言っても、そうした奇天烈成る事象の数々、大抵の場合、遅々として話は進まず、突然、内容が一変してみたりと、実に滑稽な様を披露して呉れる。

　誰かに追い掛けられて居るのに些(ちっ)とも走れず、だからと言って追い着かれる事も無い。又、或る時は、此の世の物とは思えぬ程の迚(とて)も美味しそうで豪奢な料理が是でもか、と言う位ずらりと並んでいるのにだ、食する事は、決して叶わ無い。

　此のどうしようも無い脈絡の無さこそ、此処こそが、〝夢〟をして真の〝夢〟たらしめるもの。まさしく、夢を見る、と云う事柄の真骨頂と云う訳なのだろう。

　麗(のどか)がいきなりあんな突拍子も無い事、言い出すもんだから……。

「ゆ・め、って、何だと思う？」

だなんて……ハハハ……。柄にも無く、考え続けて居る。うぅ～ん、ちょっと違う。正確には、彼女の清澄な声色が、あの日あの刻(とき)の儘、脳裏へ、耳孔へ、こびり付いて離れないのだ。だって、そうじゃないか？　其れ迄、疑問にすら浮かばず、是程迄に当たり前として、見向きもしてこなかった、歯牙にも掛け無かった事柄。ずっと通り過ぎてきて終っていた事にすら、気付いて居無かった出来事。改めて、しかもあんな風に真面目に訊(と)われたりしたら……。更には、其れに就いてどう考えるか、なんて事、尋ねられるなんて……、其れこそ、夢にも思わなかったから……。

　態々(わざわざ)、何処(どこ)かへ何かを探しに出掛けなくとも、直ぐ目の前に満ち溢れて在ったんだな……ずっと以前から。不思議で、何一つ形容出来無いでいる事柄達は。

ははは、麗の受け売りなんだけど……なはは……。

『当たり前、程、驚く可き真実也』

*

（どうして訊いちゃったんだろう？　あんな事……。ふふふ……私ったらっ……エへ。……よく解んないんだけど。ウフフ）

あの日、あの刻、あの喫茶店での一幕を、まるで昨日の出来事の様に憶い返し、心の中へ描く情景に、耽惑する。

そんな、件の女子、生方麗――。

「えっ⁉　ゆ、ゆめっ⁉　なっ、何だよ、藪から棒に……」

なぁんて、面喰らわせちゃったな、へへェ。でも、困った顔が、何だか迚もキュートで、ウフフ。でも、何処か真摯で真剣な、あの眼差し。其処から彼の、慈君の、気概を窺い知る事が出来た。そう、其れは、言うなれば、小夜曲。

噫乎、それなのに。種々の現代人は、此の当たり前と称した其の実、奇妙奇天烈にして魅惑の〝夢〟を見ると云う事象を一顧だにもし無ないで、人々は躍起に成り、果敢無い日々を、貴重な刻を、費やす、物事。

　専らにするは、自身と云う存在の居場所をどうにか探し当て、確保し、確たるものへとする事。其の為ならば手段は、多彩。人は、他人(ひと)を、悪態の限りに蔑(さげす)み、貶(おとし)め、時として親切の押し売り、助け合い成る正義の印籠振り翳(かざ)し、あらゆる意味で、出る杭は排斥される。孤立させられて行く。

　本当は、他人(ひと)を傷付け様等とは、況(ま)して、陥れ様としている筈も決して無く、結果。

　きっと……そう……恐らく、只々、自分の軀(み)の住み処を護(まも)りたいが為だけ。頓(ひたぶる)に、我と云う存在意義を固持しようと浅はかな主張をしているに過ぎない、のかも……。其れを人寰(じんかん)は〝常識〟と呼称する。恰も選(よ)り分けられるのだとでも言いた気に……。

*

　居場所――。

（そうだな。そうなのかも知れ無いな……麗(のどか)の言わんとする事、なんだか……）

　斯うした想いへと及び、そわそわしい慈愛だったが、暫時黙考。のち、劃然(かくぜん)と改まり、麗(うらら)の言霊に触発されていると云う自覚の元、遠く無窮の憶いを廻らす――。

親父の経歴。中学を出て直ぐ、十六に成るかどうかの歳で、鳶に就いた。誰もが周知の、丸太等を使用して足場を組んでする、あの仕事だ。御袋は、菓子詰めの内職を。詰り、共働きにより生計を立てていた。

そう、まさしく、『来る日も、来る日も』。

俺の名を付けて呉れたのは、母方の父で有る祖父(じい)ちゃんだった。訊けば、嘗(かつ)ては教鞭を執って居たのだとか。

そして、兵役経験も——其れは、ヒトのあらゆる感情が錯綜し、入り乱れる茫漠とした場へ、生と死とが混沌として確かに在る地へ、抛(ほう)り籠まれると云う事だ。

そうした経歴の持ち主だった、そんな祖父ちゃん……。俺の名付け親に成って、俺の一歳の誕生祝いをする事無く、他界。永年連れ添った祖母(ばあ)ちゃんも、其の半年後、跡を追う様に。胃癌だったそうだ。苦しまなかったのは奇跡とも。

そして、鳶職に在る親父は、俺の高校入学が無事に決まった其の夏、軀を壊した。

大黒柱としての、腑甲斐無さと歯痒さと。

見る見る内に、老いさらばえて——。

そうした境涯に在っても、俺の大学への進学(みち)を聴(ゆる)して呉れた両親には、真底(しんそこ)、感謝して居る。

けれど、卒業後、俺を待って居たもの。当然にして来る可き人生(みち)と呼べるもの。

借金、返済——。

只々、必死に、現在の職場で、昼も夜も。

ああッ、そうさァッ。金が要るんだァッ！　と心へ喚き聞かせてッ。

金の為に毎日働く事を余儀無くされた人生なのさ、と。何も彼もは、生活の為さ。其の為に無理をして迄大学へッ！　少しでも、収入を得る為にッ。

そうさッ。そうだともッ、是はッ、処世術さァッ！

けれど……現在なら解る。見える。

心にも無い事を頭へ捩じ籠んで、平静を粧い、靦然と過ごして居た。そんな毎日を繰り返す内、何時しか、何が真実だったのか、荒んだ魂の矑では解らなく成って終って居たんだな……。

いやッ。誤魔化していた。其の方が楽だったから……。そう……何も真剣に考えなくて済むから。

現在なら言える。

無理を無理で繕おうとすればする程、嘘を付き続けなければならない事を。自分自身へ対して。

そうだよ。自己欺瞞さ。

そうなんだよ……あの頃、俺は。

知ら無い間に、気が付いた時には、もう既に。

殺伐とした人造物が群れを成し、犇めく空間を徘徊する許りの亡者と成り果て、其処へ、ぽつり、と在った。

噫乎――。居場所を求めて……。

そう云う事さ。現在、振り返ってみたなら、看破えてくる。

己が一番に忌み嫌い続けて来た筈の、『金狂い』へと変貌しつつ在った重大な事が。人格が崩潰しつつ在った喫緊の事態が。

何時の時からか、自省する事をし無く成った心を。何時、何処へともなく置き去りにして来て終った魂の存在を。そして、其れすらも忘れ去って終って在る精神の有り形を。

そうだとも。素っ恍けて居た丈さ。

其の実――。

なんもッ、考えていやしなかったッ！

そうなんだッ！

気付かせて呉れたんだよ、彼女は。麗との僥倖からによる、あの思慮深き睛んだ双眸へと吸い籠められ、宇宙で魅た、優雅な誠心が諭して呉れたのさ。きっと――。教えて呉れたんだな、生方麗と云う名の女性が。

其の時、初めて、盲目的に成って居た事に、麗と云う人柄と出会って漸くに、俺は目醒めたんだ。

初めての合同会議のあの日、あの刻。彼女の睛へ釘付けと成った転瞬の間。倏然と視野が、脳裡に映える眺めが、ぱっと開けるのを、どう云う訳からなのか、俺の此の両の矑は見逃さなかった。

だから――。

此の社会の全ては、貨幣で成り立っている。金だッ！ 金が世の中の悉くを解決して呉れるッ……なんて、都合の好い、格言。

蛾眉と切れ長の才女と出会ったあの刹那の溢れる感情は、斯うした俺自身の身魂への欺き以外何モノでも無い言動そっくり全部が、間違いなのだ、と直感させた。

是ぞ、青天の霹靂か。

此の、感触。

説明等、出来る筈も無い。只、すとんと、軀へ入って来たんだ。何の妨げも無い儘に、すんなりと感受出来たんだ。

『一目惚れ』⁉

其れとは違う。

いや、勿論！ 其の通りなんだ。そうに違い無いんだッ！ 断言だって出来るともォッ。そんなの朝飯前さァッ……んんッ⁉

ゴホンッ。いやいや、そう云う事じゃないぞ、今は……。

そうした形容し切れ無い、何か、と云う事柄。此の軀、頭、心の中で、目には決して見えず、手にも決して触れられない、そうした何かの、手応え。まるで、莢(さや)の中から種子が勢い良く一斉に弾け飛ぶ時のあの小気味好い音色が、胸奥から鼓膜へ、そして耳孔より外界へと伝わり聴こえた風な、そうした感覚。天界(ブルーセレスト)の青へ楚然と染め上げられた羽衣に、忽(たちま)ちにして裹(くる)まれたんだ。

そう云う事。幻影は、確かに、此の身魂で起きたんだ。と、同時に此の時、心奥の其の又深淵から沸々と湧き立つ自責の念、是が、ぎりぎりと俺を締め付けて来たんだ。

己の身中が竦み上がるのを憶える程に、悶(もだ)える。

親父への、無性に衝動的で不条理な、無慈悲此の上無い迄の為打(しう)ち。苛立ちの元凶と、怒りを打(ぶ)っ付け憎む事で、自身の態度を正当化させた。

そうした過去の鮮明な記憶。是が、心苦しさに肺腑を漣(なみ)だたせる。苦みたっぷり含ませた果実が、胃袋の中で悔悟と成って渦巻きうねり、身魂を呑み籠もうと迫り来る。

噫乎――そうだ……悪罵を浴びせた事も……有った……な……。

脳裡を掠める心悲(うらがな)しき心象。

噫乎――情け無い。恥ずかしい。

憶い出す度毎、此の神魂を焦がす。

そうさ。親父は何も、悪く無いッ。

此の言の葉を、瞼へ浮かべる度に蘇る。昔、子供の頃、家族歓談での親父の一言。其れが何処からとも無く聴こえて来る。

「俺はァ、無学だから、難しい話は解らんッ。だがァ、是だけは言い切れるッ。生きて行くにはァ――まあ喰わな、死ぬッ」

　はは……其の通りさ。間違って無い。

　現在（いま）でも、其の都度、此の声が俺の胸の襞（ひだ）をちくちくと突き刺し、耳朶（みみたぶ）に引っ付いてぶらぶらとぶら下がる。

　散々な悪態をついて来た忘れ難き若気の過ちが想起される度、何時も俺の心意を鷲攫（わしづか）みにし、其の尖（するど）い爪を立てた儘、容赦無くきりきりと締め上げる。此の苦しみ、此の痛み、一生涯、忘れるなッ！　と許りに。

　だけれども――。

　現在（いま）ならば、此の苦悶と真摯に向き合える。それ許りか、甘んずる事だって、享受する事さえも。

　なぜならば、其れは――。

　偏（ひとえ）に、生方麗と云う名の女性。掛け替えの無い存在の、一つ一つ紡ぐ詞（ことば）が織り成す言霊に触れ乍（なが）ら過ごして来たのだから。今日迄ずっと、其れを心で聴いて来た現在（いま）の俺で在れば、是迄がどれだけ浅はかだったかなぞ、自明。手に取る許りに看破（みえ）るのだから。

　若さ、とは、皆、其の歳頃で有れば、どうしても他人（ひと）と較べて優劣を付けたがり、狷介（けんかい）さからの嫉妬と羨望との偏見があらゆる欲望を満たしたい、叶えたいと渇望する余り、軈て其の間隙が虚構を創造り上げ、其の在りもし無い世界で喘ぎ生きて往く。是の括り言葉。

気付け無いものなんだなァ……。

其処に、掘り下げて行く、と云った様な奥行の有る思考は存在しもし無い事に。目にして感じてきたものは、全てが私考に過ぎない事に。気付く為の努力さえもしようとせず、そうした姿勢の儘では、外観許りが気に成り、内面なぞほったらかしで。

然もありなん。

若い、なんてものは、只、頓に、頑なだけさ……。其れを、歳の所為にして――。

だけれども、大抵は、年月を重ねて行く事で、嘗ての面影は風化し、失念し、一体何に怯え、何にこだわり、生きていたのか、そして何時しか意味さえも見出せなく成って行くのだ。恰も、自ずからが進んで、時間の経過に追われる様にして――。

是が人寰の、浮き世、と呼ばれる所以なのかも知れ無い。

俺も又、そう云った人々の内の一人でしかなかったんだ。そう、麗の言う様に、〝居場所〟成るモノが在ると信じて探して居た。

人間のみが持つ観念に過ぎぬモノゴトを、幾ら探し廻ろうとて見付かる筈も無く。なぜなら、決して目に見えはし無いのだから。個々人の胸宇に住まうモノゴトなのだから。

とは言え、本当は世の人悉く、人生に意味は無いと、産まれて死んで逝くだけと云う事象なのだと、考え及んでいるのではないのか。若（も）しかしたならば、気が付いて終っていた許りに、密かに、いや、気付かぬ間に、絶望感に打ち拉（ひし）がれ、自身が此の世に生まれ落ちた理由が欲しくて、何か有るのではないかと信じ、其れに縋りたくて——。

其の結末は。

狭隘（きょうあい）な思想を具現化したモノのみでの線引きからの、比較に因る優越感に肩迄どっぷりと漬かり、其の境域の中で生き続けたいが為、ほんの僅かでも、煩悶を和らげたい、消し去りたいが為、真の世界の存在なぞ、忘却したいのだ。其の時だけでも良いから。玉響（たまゆら）をうとうとと、游（およ）いで居たい——。

そうした事柄、なのか。俺もやはり、そうなのか。

思慮たる心の躍動が一切感じ取れ無い真実成る此の事実へは、一顧だにもせず、只、漠然と一向（ひたすら）、居場所成るモノが在るものと信じて疑わず、浅はかな迄に狂奔して居たのだろうか——。

けれど、仮令そうだったのだとしても、彼女との邂逅が、期せずして廻り逢った其の事柄自体が、俺の神魂を誘（いざな）う。

今は中断させて終っている読書を、彼女から勧められた事、そして、つい先日の『〝夢を見る〟とは？』と云う物事の真髄成る投げ掛け。

彼女が紡ぐ斯うした数々の予想外な詞華に感化され、自分でも解る程、どんどんと心境は変わって行った。

うぅん⁉　少し……違うかな？

精神が、生まれ落ちたあの刹那の刻みへ、直感へ、帰還したんじゃないか？　憶い出したんじゃないのか？　遠い、遠い、遙かな記憶に宿して在る残影。麗の伝を借りたならば、〝宇宙の証〟。

居場所なんてもんは、元来、存在なんてしていやしないんだ。何も彼もが〝言葉の綾〟なんだよ、是ぞまさしく。だけど、会話上の都合で作り出した〝仮〟の筈だった字句が、便利だと云う理由のみで遣われ続け、畢竟、そうする内に、永い年月の間に、人間は一番大切な、初まり、を失念して終った。或いは意図的に、いや、もっと言うので有れば、故意に忘却させたんだ。だから、字義が啓示する所の儘に、〝居場所〟成るモノゴトが存在し得るのだと、信じて終った。

是も又、誤謬。

〝信じ籠む〟事にした。

そうなのでは有るのだろうけれども、然し、一方では、現実は現実としての、此の瞳へ映える宇宙の壮大で荘厳な面影としての、親父は俺を大学迄通わせたが為の高過ぎる代価を払わされて居る。未だ入退院を繰り返しているにも拘らず、日雇い仕事を、そして、御袋はと言えば、相いも変わらず、菓子を袋に詰めて居る。

借金返済の目処も付いた事だし、何より、此の俺が其れ形に稼いでいるのだから、二人共もう其処迄頑張らなくとも良いのに――。

斯う何度も口にしようと……でも、なんだか両親を見ていると、どうしてだか、父と母の其の顔が、なぜか解ら無いけれど、活き活きとして見て取れるから。親父、御袋にしてみれば、ああした細やかな物事こそが、生き甲斐なのかも知れ無い。或いは、人生の意味への証明。即ち、居場所――。

だから……、働く事を辞めろ、なんて科白、言えなくて良かった。親のする事を又もや否定する所だった。まあ……、そんなのも、人生さ。

と、柄でも無い、気取った文句なんかを呟いてみたりする。

二親との、恒久の記憶と孤影を。そして、随想と。

振り返ってみたならば、あれから早、九年を数え経って在った。

優しい陽気に、誘われる儘に、振り仰いだ此の耳元へ、春の微睡みは、そっと私語せて呉れる。

*

そうね、慈君の話す通り。信じるなんて言語、本当に都合の好い、それに、其の文字自体にはなんの意味も無いのに。〝考える〟と云う本当は迚も大切な物事を、他人は煩わしい、疎ましい等と口々に忌み嫌って、〝信じる〟と云う此の美しい響きを以て自身を誤魔化し、そうした自分の姿へ酔い痴(し)れて行く。真は、〝考えたく無い〟と云う人生を選んだに過ぎないだけなのだと言うのに――。

罪多き者程、其の罰は重い、だなんて、其れは本当なのかしら。そう有って欲しいと云う、一見、差し障りの無さそうな傍観者達(ほかのひとたち)、実際は最も罪深き者達、詰り、偽善者共(ふつうのひとびと)の願望なのではないの？　自分達のみを信じて疑わ無い、狭量な正義を以てして、少数(たにん)を裁き、貶め、苦しめ、排斥しようとする許り。是こそが悉くの不幸の始まりだと云う事へ、無自覚の儘で。普遍性に就いて考慮される事も無く。

是が、真実(ほんとう)――。

だけど、あれも、どれも、煎じ詰めて終えば、人寰だけでの、現世のみでの理屈(ことわり)――。

ふふ。宇宙(はじまり)の、瑣末な、一つの、出来事。

ああ、でも、だからこそ、なのね。ヒトは、此の事実を眼の当(ま)たりにした時、其の穢れの無さへ衝撃を受け、余りの驚愕さに空虚さえをも呼び起こされ、打ち拉がれて終う。そんなのは堪(たま)らないものだから、こんな事は赦(ゆる)されない、況して、受け容れるなんて事……。だから、考えまいと、見まいと、聞くまいと、必死に成って――。そうする為に、余所事(よそごと)へ感(かま)け、耽り、心を空っぽにする。真の事象から目を逸らし、生き続けて往く。

斯うした言動悉くが、あらゆる剣(つるぎ)を弾き返し、何をも貫き通さぬ盾を選び取った。

そう、民主主義と云う外套を纏った、多数決と経済至上主義と。

そんな巧みに仕掛けられた絡繰りで、奇妙な具合に成り立って在る社会と云う白昼夢の中で、操られるが儘に踊って見せる。

其れは、どうにも戯け過ぎた、無闇に芝居掛かった世界で、現代人達は坤輿を只々、貪り乍ら、生き存える為だけの人生を選択した。其れだけの事なのだから……。

移動手段と径路の拡張・拡大、消える事の無い灯。是らに伴う人口増加。そして、人工知能の救世主化。

『住み好い都市造り』と云う、如何にも心地好さそうな響き。此の終無き欲望で出来上がった鉄鎖に因る、自然環境破壊。

「是ぞッ！　我らッ、人類が渇望した、〝発展〟其のモノォォッ！」

――無窮成る無聊を託つが如し。

若しも斯うした、謙虚と思慮とに欠落した慣習の如く同じ毎日を、日々なぞり続けるのみを以てして、本気で〝真の全人類社会発展〟なのだと説くので有るならば、私は決して望まないし、そんなモノは要らない。発展等し無くて構わない。断固として一蹴してみせる。

利益、便利、娯楽、金、物――。

こんなモノゴト許りに耽溺して……躍起に成って終って――。

だからかな。空許り、見上げて……。平安の世人達が羨ましい……現代人とは比較に成ら無い程、きっと、宇宙(こきょう)の近きへ在ったに違い無かっただろうから――。感受に長け、心豊かで、常に物事を愬(かんが)えて居た。

噫乎、私は――。

何時の間にか、此の私も……いいえ、此の私こそが、現世から顔を背けて来て居た。現状が余りに酷(ひど)過ぎて、何時しか、実状を事実として、ちゃんと見なく成って居た。此の世界へ背を向け続け、生きて来て居た。

頑な迄に――。

付いた渾名は。

『狷介孤高の女傑』

……ぴったり、ね。

でも、どうしてなの？　こんな私だからこそ、だからなのかしら……。どうしても、斯うした人間側からのみの考え方も、多数派の見解だけが是(ぜ)とする人寰の理も、受け容れられない。是を良しとする者ら及び、黙認する者共をどうしても、恕(ゆる)す事が、寛(ひろ)い心を持つ事が、出来無いッ。万人寄らば、万人の思想が在って然(しか)る可し、と心得る事なぞ、到底及ば無いッ。どう有っても、斯う云う時許りは内側へ、向か無い……内省すると云う心理が働か無い、の……。

だから何時も、例えば、会社の上司で有ったり、同僚や後輩達と云った他人(ひと)に対し、「罵詈雑言に終始、貴重な時を費やして許りいてッ」と、「真底ッ厭(いや)に成るッ」だなんて、繰り言をぼやいて……。

ハァー……。

そんな咨嗟(しさ)の吐息、氷柱(つらら)に成りてぶら下げる度、そうした自分を心底、疎ましく感じる。そして其の後、何時も其れは訪れる。

寂寞と云う嫌気。

世の落伍者だから……私は……私が、と呼ぶ可き、なのかも知れ無いのかしらね。

でもね、時折ふと振り返ってみるの。どうして私は何時も、此の人達を、斯う云う他人(ひと)達の存在を、こんなにも見苦しい程に、慈悲(ゆる)す事が出来無いのかしら、ってね。

あれらの他人(ひと)は、只、漠然と毎日を働き、賃金を受け取り、其れで物を買うと云う生活を過ごし続けているだけ。そして、もっと沢山、もっと新しい何かを、と、其れらのモノを欲し乍ら、さ迷っているだけ——。

なのだとしたら?

そうね、生き方なんて、人其々なのではなかったかしらん。

もうずっと遠い昔に承知していた筈の理。其の心算(つもり)で居た。それなのに、どうして私は此の人達を赦せない儘で斯うして居るの?　時には、ケダモノにさえ見える。

是程の嫌悪は一体、何処から現れ来るの?

此の、深淵に分厚く溜まった澱(おり)の正体は、何?　斯うした繰り返しは何?　何時迄続けるの？　そして、是らは全体、どう云った訳なのかしら……。

と、不意に、刹那の冴える疾風此の軀を射貫いて、脳裡の深層の森にて眠る古い記憶を鮮やかに呼び醒ます。

噫乎——。現在と成ってはもう……。

遺る方無しや、此の想い。

全ては、回帰する。

私は、幼かった頃の、あの日あの刻あの場所に、留まった儘で存在た。ずっと彼処に。あの、人生の分水嶺。私の胸臆に焼き付き遺された儘の、忘れ得ぬ、あの朝の、残映。

あの瞬間から、ぶら下がって在った。まるで、仕舞い忘れた風鈴の様に、冷たく澄んだ音を漂わせて。

告げる事が出来無かった言葉。其の勇気も無かった此の私。

叱られるのが厭だったから。お父さんの愛を失いそうで……怖かった。だから——。

あわよくば、そ知らぬ振りで通す心算でさえ居たのではなかったかしら……幼子だった私は。

もう、赦しては貰え無いものと決め付けて終った。是へ、畏れて終った。あの、幼心。

けれど、今と成っては最早、此の懺悔も又、遅きに失すると云うもの。

そう、未来永劫、自身が渇望する其の日は、決して訪れやし無いのだから。

——果して、頑是無きとは、罪か。

だからなの？

あの日のあの転瞬の間の儘で、動く事を、時を刻む事を、断絶させて終った、あの腕時計と倶に、此の私も、あの瞬間の儘で、自責の念のみを積もらせて、折り重ねて行った——。繊細さを象った、細く忙しない鋭敏な針の張り詰めた音だけが、今も戛々と響き、私の背中を追い掛ける。

手繰り寄せるは淵源の往日。

あれは……確か——。

処暑から幾日か数えた或る日。

早朝に流れる微風は、早くも秋の気配を漂わす。まだ明けぬ東の空には、噫乎、三つ星。そして、繊月の灯す、小径。蛬が奏でる涼し気な音色は、日増しに大きく、烈しく、力強く。

けれど是らは、同時に、何処か侘しめて、心は寂しむ。そこはかと無く、哀愁を連れて来る。

頬を撫でる其の色調鮮やかさ鋭く成るに連れ、夏休みも終わりへ近付いた日の朝が、此の肺腑をギリリと締め付ける力を一層増して行く。

銀色にきらきらと、眩く光り輝く、父の腕時計。毎日、朝が訪れ、会社へ、何処かへ、出掛ける時には必ず、玄関で着けて行く。そうした毎日を、其の時迄を、じっと俟ち続ける。靴箱の上に、そっと忍び在る。

そんな、私の大好きな父の、素敵な腕時計。

「お父さんの、お父さんからの、贈り物なんだよ」

って、何時だったか話して呉れた、そんな、時計。父に取って、感慨深い、大切な時計。此の世で一番の宝物。

「ねぇ、お父さぁん、あたしとどっちが大切ぅ？」

だなんて――。困らせたりした事も……へへ。

父の出勤する時間が近付くと成れば、私は逸早(いちはや)く玄関へと駆け付け、あの、銀色に煌めく真心。其の、時を刻み行く、あの小さな、チッチッチッ、と云う音を、其の針を、飽きる事無く、耳を澄まし、目を凝らして、聴き眺むのが好きだった。そうし乍らにして、父が上がり端(はな)へと来るのを俟つのが好きだった。

斯うした、澹(しず)かな、ふわりとした空間は、居心地が好かった。

でも――。

そう、あの夏の終りの、あの朝の出来事。

人知の及ば無い、どうにも抗(あらが)え無い、事象。譬えるので有れば、其れは、宿命か。

私は其の朝も何時もと変わらず、何時の間にか日課と成った様に、玄関で腕時計を眺め乍ら父を俟って居た。

けれど、あの日だけは……違和感を憶えて終ったの。どうしてだか……説明なんて出来る訳も無く――。

何時もと同じ家の玄関の筈なのに、それなのに、見慣れた風景が、あの日だけは、なぜかしっくりとこなかったのだ。然し、能く能く観察してみたならば。

あぁ――。

と、腑に落ちた。

何時もで有れば、きちんと真っ直ぐ、そっと置いて在る筈の時計が、ほんのちょっと、右へ。

「あれぇ⁉　今朝は、お行儀が悪いのねぇ。うふふ……」

其の僅かな傾きを正そうと、私は上がり端から、か細い腕を精一杯に伸ばした。けれど、か弱き小さな手は、其の繊指は、どうにも届か無い。だから――。

あの日に限って、土間へ、下りた。

普段では無い、異なった行動。

ほんの少し、爪先立ちになったなら。そして、純朴成る手を伸ばしたなら――。

靴箱の上面へ片方の手を掛け、是を縁に、顎を上げ頸を伸ばし、其処に在る筈の銀色に煌めく腕時計を懸命に覗き込む。其の狭き視界の中、弱々しくも頓に伸ばす指先で、あの違和感を、気になる向きを、直そうと、力の限り伸ばす。

遮二無二。

と、此の指に触れた。欣喜に躍る。

けれど次の瞬間、卒爾、硬くて鈍い音共々、何かがずしりと此の足下へ落ちて来たのだった。

「えぇッ⁉」

喜びも束の間。転瞬の間に昂揚は霧散し、代わりに、時の止まった様な感覚が、心身に重く覆い被さって来た。まさしく、血も凍り付いた。はっと息も詰まる。身じろぎ一つ出来無く成って終った。

其の正体を知っているから。解っているから。

全ての針は、其の時を、其の瞬間を、刻み指し示した儘、私の睛をじっと見据え続けて、其処に黙して在った。

私に出来得る事は、息を凝らし、俯く先の文字盤を只々、見詰め返すのみ。其れしか術を知らぬと許りに。

仄暗き沈黙は一刹那の事で有ったろう。だが、どんよりとした此の静寂さは、幼気な少女の幼心を、躊躇い無く貪り喰らう。私は最早、座に堪えない程の暗澹たる心境一色に染め上げられ、憮然として突っ立ち、其処に在った。

手を拱いて居る許りで、妙案どころか感情すらも湧いて来ない儘で、終に其の時は訪れて終った。謐かに、随に、父の足音が聞こえて来る。此処へ、玄関へ、近付きつつ有る。廊下の床を踏み締め、とんとんと高らかに、何時もの、何時もとは異なる其の音が、迫り来る。

暫しの時を要し乍らも、私は不意に我へと返り、足下にて未だ動き出そうとし無い、眩き光迸らす銀色の小さな機械装置を慌てて拾い上げた。そして、何喰わぬ顔を従え、和やかさ醸

し、父を迎える。更には、有ろう事か、私は此の時、

「ねぇ、お父さぁん。今日はぁ、あたしが着けてあげるぅ」

だなんてッ。何処か甘ったるさなんかッ潜ませてッ。

無邪気な迄に穢れを知らぬ童女の口元は、頬笑みで綻んでさえ有った。

私は是を、此の事実を、鮮明に憶えているのだッ。

父は粛かに片膝を折り、黙った儘で左腕を差し伸べる。私はぎくしゃくし乍らも何とか、目睫に差し出された力強い手首へと其れを捲き着ける事が出来たのだった。

すると、破顔一笑。

「有り難う、麗。お父さん、今日は朝から御機嫌だァ」

なぞと、腕時計の事等、一顧だにせず、私の顔許りを、あの切れ長の目で以てじっと眺め入り乍ら、謝意を朗らかに述べるのだった。斯う言って呉れた。こんな風に、褒めて呉れた。宝物を壊して終った事実を隠し遂せたものと想い込む事にした、此の、私へ……。

胸が、張り裂けそうよォッ!

父は其の後、徐ら立ち上がったならば、父娘の楽し気な一齣を、二人の児戯を、頬笑ましく見守り、和やかな笑顔満面、見送りに来て居る母へ意気揚揚と顧眄する。何時もの様に——。

ううん。違う、かしらね。

現在、追慕の情へ想いを馳せたなら。

噫乎、何処か無邪気な戯けを忍ばせた、まるで至福を噛み締める、と云った風な素振り。

今、此の瞬間(とき)、今生に於いて、面影に立つ。

「じゃあ、行って来ます」

はにかむ私へ、手を大きく振り振り、次第に背を向けつつ、出掛けて行ったお父さん。

あの時の扉の閉まる重い音が、妙に此の鼓膜へへばり付いた感覚は、気の所為等では決してないのだ。

その日、父は、何時もの様に我が家へは、帰り着かなかった。金輪際、私達、遺された母娘(おやこ)へ、頬笑み語り掛ける事は無いのだ。もう二度と、其の時は、来ない。

「不慮の事故で……脇見の、自動車に……捲き籠まれて終って……」

母の畏怖を含んだ声柄で零(こぼ)す言葉と、其の刹那を指し表した時刻。

其れは、きっと、出立の朝の、儘に――。

あれから廿年。以後、私の前では、夫との憶い出を語らなく成った母。寧(むし)ろ、避けて居る風に窺えた。だから――。

私も、等しく、そう努めた。

いいえ、若しかしたら、母は本当は何が起こっていたのかを、一部始終を、見知っていた……!?

私を……恨んで居る……!?

或いは、悉くが、自身の心の疚しさからの心理の世界を視て居るだけ――。

なのだとしたら。

是迄ずっと悔やみ続け、苦しみ悶え続けて来た日々。今でも、あの朝の玄関での一齣が、瞼の裏へ貼り付いた儘の現状。そして、眩しく煌めいた父の顔。けれど、其の面様を見せては呉れない。どうしても、浮かんで来ない。そうした心境を投影させた、もうどうにも成ら無い現実に、只々、打ち拉がれるのみの毎日。赦しを得ようと、是を希い、叶えよう等、既にして烏滸がましいので有る。

斯うした全てが、一生涯消える事の無い、消せる事も出来無い、罰。

そうで有るならば、忘れ様とする、無かった事とする、此の性根を正す以外に人生は無い。

そうでしょう？　お父さん……。そうよね？　慈君。

人は、此の世に生きて在る其の転瞬の間のみでしか、互いに話をする事が出来無いのだから。

瑣末な内容も、些細な喧嘩でさえ――。

そう云う事。

今更めく。

人間とは、其の刹那へ全霊を懸け、生きて行かなければ成らぬもの。いや、元来そうとしか生き様が無い、そうした存在なのだ。『一命を賭して』、此の覚悟を以てしてこそが、〝人の義〟。

夢見るは、

「麗。もう、いいんだよ」

と云う、温かい声音に優しく裹み籠まれるよう抱き締められた、私の後ろ影。

あの朝、扉が閉じて終う前に、たったの一語を、「御免なさい」と云う此の言霊を、素直に伝えて置きさえすれば。当たり前の一言を、当然の如く、聢り口にしてさえいれば――。

此の心が、何時しか負い目と容姿を変え、私の胸宇を噴み続けるのだった。人寰へ憤りを抱える度、嗤う。

母は、それから女手一つで娘を育て、私が大学卒業後、間も無く、其れ迄の酷使が跳ね返ったのだろう、膝を患い、今では杖が無ければ歩く事すら儘ならなく成って終った。

あの朝を境に、日常から目を逸らすかの様に働く頑な母親の姿への反発なのか、判然とし無い儘の心模様浮き彫りに、親の其れと等しく、娘の私は本へ救いを求めた。読書に耽った。

二人はまるで、そうする事でしか平常を保て無いものと、思い籠め様とするが如くで有った。

幼い私には、自分を責めようにも、どうして良いかも解らず。しかも、既にどうにも成ら無い事柄なのだと、知悉して終っているだけに、想いは、募る許り。

けれど、それでも、お母さんの心中を考えれば考える程に、此の胸宇、つらく成る。

だって……そうでしょ？

幼心地へ封じた内緒事。今更にして、どうして明かせようか。

母の、軽やかに弾む澄んだ決まり文句が、朝の訪れを告げる。

「貴方さぁん。麗ぁ〜。朝御飯よぉ〜。ほらほらぁ、席に着いてぇ。うふふふ」

今日と云う一日の始まりを予感させた、あの呪文。

だが、父が他界した日の朝を区切り目に、母の母親としての常しなえと思しき日課は、突爾として奪われて終った。

世界は、一変した。

更に、心悲しきは、黄昏時。

帰って来ないと知りつつも、今にあの扉が開け放たれるのでは。あの扉を開けて、

「只今」

と、和やかに目を細めた面差しが夕映る幻影を、どうしても払拭出来無いで居る。其れ処か、一刻千秋の想いで、頓に俟ち侘びる。

思わず知らず、「お父さん」と口にし掛ける、私。そして、声にして終う、母。

どうしようも無く形容し難い静寂と空虚。

——心は千々に掻き乱るる。

そんな時、不意に、涙を誘う。

母は現在でも時折、独り、さめざめと泣く。

其の、僅かに丸く曲がる背は、なぜだか私を苛立たせ、此の胸をざわつかし、漣だたせるのだ。

其の、涙淵拭う影を認める時、想い知らされる。

噫乎。最早、夢の如しに、消え埋もれ逝く憶い出なのだと。

我が肺腑を打ちのめす。此の刹那、更に押し寄せるは、張り裂けん許りの心の臓の猛烈な痛み。

噫乎。是は……お母さんの苦しみの、ほんの、一部……。

今日迄に過ごして来た母の世界は、想像を絶するものだったろう。

今、漸くに、きちんと顧みる事が出来る。あの日からずっと此処に在るもの。母娘(ふたり)の脳裡に刻み在るもの。其れは――。

突然にして忽然と消え去って終った日常。

此の、動かぬ真実のみ。

母が味わい続けた、娘へ忍ばせ続けて来た、親心の中(うち)。

なのに私は。此の私ときたらッ。心にも留めず――。

自身が創り上げ、築き上げた虚構の世界へ遁(のが)れ、隠れ、怯え暮らし乍らも、自分を擁護し続ける事許り。

お母さんの遣り切れ無い想いへ目を向けないで。計り知れ無い苦しみを労る言葉さえ掛けてこない儘でッ。

只々、親子の間に深い溝を、要らぬ凝(しこ)りだけを、残して……。

――死した者に償えず。又、生ける者にも恩を返せず。

夕暮れ時、道すがら、鞦韆（ブランコ）に子供と思しき揺れる長い影、独（ひと）つ切り。是へ、胸引き裂かん程の物哀しさ迫り来て、心の中（うち）、見透かされたかの如く、此の身魂を締め付ける。

斯うした煩悶は一体――。

母の苦しみを、娘には、此の両腕で抱く気概が無かった。背負う勇気が出せなかった。此の何方（どちら）からも遁（に）げ出した。

紛れも無い。此の私の心、其のモノ。

母の、母親として、又、妻としての狭間で、茫洋とした虚空の中、当て所（あど）無く、随に漂い続けて在る、行き場を無くした魂の憤りに対し、娘として、慮ると云う事こそを、努々（ゆめゆめ）、忘れず怠らず。斯うした信念を持ち続けて行く事が大切なのだ。浅ましき己（おの）が性根と向き合い生きる持続の各日を見据え、是を過ごして行かなくては成らないのだ。「御免なさい」と言えなかった此の事実を事実として、聢り脳裡へ刻み付けるのだ。そう、大切な言の葉を声に出来無かったと云う、幼子とは言え、此の不甲斐無さ、そして其の記憶への自責と後悔とに端を発していると云う、揺るぎ無い真実を。斯うした自分自身を、本人が一番、赦せずに居るだけなのだ、と云う事も。故に――。

――此の者、恕し方を、知らず。

あぁ――、だから――。

――他人を恕すは、是即ち我を赦す事也。我を赦すは、是即ち他人を恕す事也。畢竟、人間は、他人の内に、我が心底を見るもの也。

噫乎、人は、自身の胸中を他人に投影させたものを何時も此の目で捉えて居るのね。そして、迚も摩訶不思議でも有り、同時に真でも有る、そうした世界で存在しているのね。

*

麗は本当に、いィッつも、考え廻らかしてるよなぁ〜。感心するよォ〜。俺なんか、何時も何かの所為にし乍ら……ハァア〜。

まっ、麗なら大丈夫さッ。だって、そうだろう。毎日欠かさずに本を読んで、そして、自分の内へ省みている訳なんだから。

自身だけではどうにも成らない心状への歯痒さや、自分の都合のみに因る意図的な、我が性分への乖離。斯う云った事柄と何時も向き合う事の出来る君ならば、ねっ。

それにィ……、まあ、頼りに成るかどうかは抜きにして、此の俺なんかがぁ、此処に居る訳だしッ。

……ニャハハハ。

いやはや、大したものだと讃嘆に、冗談など添えてみたりする。

絶対に彼女の方が、いや、誰よりもッ、何事に就いても、何時でも、真剣なんだッ。だから、俺にも、自分自身にも。

人生と向き合う。

不意な事二人がまだ同じ職場の部署が異なる、と云っただけの間柄だった頃の、彼女への印象に立ち返って居た——。

「ワァッハッハッハハハ」

嘲りの哄笑が忽ちに会議室を渦捲いて、轟かせる。

あの重圧……俺なら迚もじゃないが堪えられなかっただろう。あの息苦しさ……呼吸をすると云う無意識の中で行われ続けている筈の、生存への生理的運動さえもが滞って終いそうな程だ。それなのに彼女は、あの女性は、どうしてそうした苦痛を味わうと知って居乍らも、組織に対し抗おうと踠(もが)くのだろう。丸切り、多勢に無勢。何もしなければ、きっと楽に違いないだろうに……。

——長い物には巻かれろ、とな。

権威へ刃向かった所で、何も変わりやし無いだろうに……。

親父の、御袋の、是迄の人生を厭と云う程、此の双つの矑(め)で見て来た息子(おとこ)としては、「両親の様な人生(みち)は、一体、誰の為の其れで在ったのか」、此の疑問に自らで応えてみせる為、必死で勉強をした。其れこそ正に、寸暇を惜しんでッ。そして、大手企業への夢は成就(な)った。

だが、どうだ、物欲と金欲とで曇らせた灰色の眼で、世界を、未来を、いや、人をッ、判別する奴ら許りでェッ！　挙げ句に、口を開けばッ、其の口元から飛び出す金切り声は〝勝ち組〟だの〝負け組〟だの、〝強者〟だとか〝弱者〟だとか。一体、何を以ての其れなのか。

だから、見るのを止(や)めた。聞くのを止めた。話すのを止めた。

けれど、そんな時ッ、あの女性(ひと)がッ。彼女はッ、あの双つの睛は、真剣其の物だった。自分もあんな風に、きちんと話が出来る様に、もう一度、情熱に此の身魂を焦がしてみたいッ。だからッ、彼女に惹(ひ)かれた。最大の魅力の虜に成って終ったんだ。そうさッ、生方麗と云う人物の奥底に秘めたる宝石、真(まこと)の純真。是に、惚れたんだッ！


――然し、此処で、此の添上慈愛成る人物、何の前触れも無く、自身の吐息程に零れ出た驚呼と言句へ。そう、驚異へ、瞠目する。


えぇッ⁉　純真……純粋、だってェ⁉

穢れ無き、とは、一体何だ？

俺の親達の様に、正直者は莫迦を見ると云う、あれの事を言うのか？　それとも、麗(のどか)の様な真剣さは所詮ッ、徒(あだ)と成って己の軀(み)へ戻って来るだけなのさ、とでも言いたいのかッ⁉　斯うした物静かな、どうしてだか報われない人達を指すとでもッ⁉

そんな……莫迦気た事がッ……。

いやいやッ、もっと考えるんだッ。頭を働かせるんだッ！　慈愛ッ。麗が何時も掛けて呉れている言葉を憶い出すんだッ。もっと、掘り下げるんだッ。

そ、そうだなァ……何か、頗るに秀でていて、其の反面では、何かが憐れな迄に欠落している、だとか……。例えば、芸術家。其の分野には長けているものの、処世術に関しては余りに無垢で、其れはもう或る意味では、盲目的。関心事以外の無頓着さの甚だしい様、是こそが、誠の〝穢れ無き者〟成るものなのか？　いや、斯うしたものを持ち合わせた人物、と言う可きかな？

じゃあ、やっぱり――。

〝純粋な人〟とは、余りに滑稽で、そして救いようの無い程に幸運から見放された境遇の持ち主、だったたか。

では、不運とは何だろう。何を以てしての不幸せなのか。其の者が生活出来ようが生活出来まいが、当の本人が其処へ重きを置いていないので有れば、然しても無い事。何の不都合が有り得ると言うのだろう。純真たる〝穢れ無き者〟とは、確かに此の当たり前の中に存在って、其の当たり前に挑み続ける者達を指す。

――是、即ち、至福の境地を識る者也。

だって、そうじゃないか。此の社会の理に於いて、一喜一憂する事無く存在し続けて往けるのだから。そして、此の瞬間にだって、世界の何処かでは、いや、其処彼処で、不可思議な神秘が満ち溢れているのだろうから。

　ああァ、麗の呟く澹かな言霊に、此の胸、焦がれ行く。

――人間とは、産まれ来て、死に逝くのだ。そう云う、常。

　天の御告げか空耳か、将又、鴉の含みか。

　俺より、ほんの少し歳が上の女性。二人切りの時間にだけ見せる、何気無い仕種と稚けない笑顔。仄かに甘い声色で話をしたり、時折、拗ねた睛で見詰めたり。

　是は、本当に、好いな。迚も間近で、幸せを感じ取る事が出来る。其れはきっと、麗だって同じ想いで居る、と云う其の証拠の表れで有るのだから。

　人は、本当は斯うした細やかな出来事により、幸せに成れる生き物なんだ。もっと言って終えば、是こそが、幸福の源泉。

　モノでも無く、銭金でも無い。此の双つの目の玉では決して捉え切れ無い事柄。些細で在り乍ら、何よりも温かみの有る想い。是さえ有れば生きて行ける、そんな存在なんだ、人間とは。

　だからこそ、他人にではなく、外側にではなく、自身へ、内側へ、心眼を向けるんだ。そうさ、麗の言う、刹那を真剣に、精一杯に、生きるッ。

　此の当たり前。だからこそ、是程迄の難しさ。

――なれども、其れだけの、事。

だけれどもどうだッ!? 此の現今ッ! 此の現・人間社会に於いて生き抜いて行く上では、其れら、何を差し措いても大切で掛け替えの無い宝物が、邪魔に成るだけ、とはッ……。そんな瑣末なモノゴトよりも、今の世に必要不可欠な必須能力、其れはッ、名付けて『世渡りの術』。如何にして、金を儲けるか。如何にして、他人を蹴落とすか、延いては、より上へ立てるのか。斯うした人寰の理に在ってのみでの算術と知恵とに傑出した者こそが、選ばれしモノのみが、そうさ、俗に言う〝成功者〟。

だけど……本当に、そんなモンが居るのだろうか? 存在するものなのだろうか。

「大学とは、高等学校迄とは異なり、其の意味では、勉強をする場ではなくて、自力で思考、研究、そして研鑽を積む場なのよ、元来は」

麗が、何時だったかぁ、そう言ってたっけ。

「たぁくさんのぉ『ムダ』と口にして片付けて終い勝ちなぁ物事の中に、数多の其の無駄と称する中から、ほんの時々、稀な事に、途轍も無く貴重な発見が有るの」

だとも。

そうなんだよなァ～、麗はいっつも、本当に、何彼とよく頭ん中を廻らかしてるんだよなァ～。それに引き替え、此の俺なんか……ハァ～ァ、此の所は特に……ぼぉぉうっと、空ばっかりッ眺めてさッ。ハハハ、上の空で、仕事に軀が入らない時も……挙げ句が――。

アァァア、ああして、空に雀なんかさえもが囀るのを止め、舞う事も諦めて終った、そんな世界で暮らして、一体全体、何がどう楽しいのだろう。って、こんな事位しか思い付かなくて――。でも……是って、今憶い返せば、全ての人間に当て嵌まる事柄なんじゃないのかぁ？

だって、そうだろう。人と云う生き物は、自然が無ければ、地球と云う壮大な揺り籠の中でなければッ、生きて行けないのだから。それなのに、どうして是程にもッ。

生命の礎と呼べる地輿と滄溟(そうめい)とを貪り尽くそうとする事が出来得るのか。朝を告げる小禽(ことり)達の鳴き声の一切し無い世で過ごしていて、『生きて在る』と云った血の滾(たぎ)りを実感する事が果して出来るもので有ったろうか。

現在の社会に在って現代の人々は、只、漠然と時間から時間へと漂い流れ続ける許り。其処に、思慮深さは有るのだろうか。自分が存在し、生きて在るとは、一体何が起きているものなのか、と疑問にさえも浮かべる事の出来無い此の人生とは、果してどうした事柄なのだ、と考えもし無いなぞとは。

嘗ての俺自身も等しく――。

すっかり頭から消し飛んでいた事だけに、妙に重苦しい責務と云った様な、如何にも名状し難い感覚に魘(おそ)われる。

そうだなァ……途轍も無く深い淵より湧き起こった胸騒ぎを憶えた風な、とでも言い表そうか――。

自分も何時しか斯うした大自然の尊厳さを見下す様に成って終っていた事実に気が付いていた我が意を憶い出したからなのか。

自然と云う事象を尊重出来無いと云う事は、裏返せば、己と云う事象を尊重する事が出来無いのと等しいのでは有るまいか。

高層建築物、土瀝青（アスファルト）、混凝土（コンクリート）、自動車、飛行機、そして、人工知能。是ら全ては、高々、人造物じゃないかッ。醜く、何もッ育む事の無いッ、人工物じゃないかッ！

慈愛は大空へ、其の魂は宇宙へ、有る限りの想いの丈を打（ぶ）っ付けて在った。

現在（いま）の大人共はどうして、現今の子供らが方今の社会を踏襲して行くものと思い籠むのか。どうして、後人悉くは須（すべから）く是を受け継ぐ可きもの、との考えに至るものなのか。

——恰も、親が、子は家業を世襲するが至理（しり）と疑念を抱かぬが如し。

なぜッ、一方的に背負わせるのか。猶且つ、尻拭い迄させてッ！　我々大人に出来る事、する可き事柄は只一つ。謙虚さを忘れぬ為に、人心を戒める為に、此の大自然を残す事、其れだけ。いや寧ろ、是だけが、好ましい。後世の事は、子供達に任せれば良い。考えさせれば良い。

けれど、どうして、あれも是も管理、監理と縛るのかッ、見張るのかッ。

予め規矩（きく）されて在る軌道から、ほんの僅かでさえ逸れようものならば、直ぐ様、常識と称する訓示を以て修正して終う。時には、法の下、裁いて終う。変質、異質と隔離する。或いは、逸材などと銘打って置き、其の実、聢りと憂いの芽を摘み取っておくのさッ。

――然すれば、解り易い。排除し易い。管理し易い。

ああせよ、斯うせよと、都合の好いように取り仕切り、取り締まって終う。是じゃあ、此の世に生まれて此の方、規則と云う手枷足枷で以て雁字搦め。此の儘じゃあ、墓場へ逝っても、落ち落ち居眠りさえしてられ無いじゃないか！　アァーアッ、うんざりだッ。腸の想い付くが儘の言。理屈なんざァ二の次さッ。

なんて、溜め息交じりに独り言つ。

＊

「慈君はぁ、優し過ぎる処ぉ、有るからねぇ～」

と、意味深な頬笑み。

「そうかなァ～」

と、疑心の眼差し。

「そうよ」

其の瞳は、言葉へ対してか、それとも、此の愛くるしい笑みへのものか、ど・ち・ら？　と、許り。

「うゥ～ん⁉」

「ウフフフ」

「なんだよォ〜」

と、でれでれ。

「だってぇ〜」

と、もじもじ。

「何も言えない……只の、小心者なだけだよ」

と、はにかむも、生真面目に応えた。

「そうかしら」

と、ちょっぴり不機嫌に唇を窄(すぼ)め、言葉を返した。「そう遣って、風(ふり)をして居るだけなのにい」なんて、心の奥底へ浮かべ乍ら訝しむ。

そんな猜疑の睛(め)で態(わざ)とらしく横目を遣い窺う麗を、「何時もの様に見透かされているな」と確信しつつ、慈しむ風に真っ直ぐに、翠蛾(すいが)と切れ長とを見詰める慈愛。

優しさとは、一体どう云った事情なのか。謙虚な姿勢の事か、或いは、謙遜たる態度だったか。何(いず)れに於いても、斯うした余りに半端な慎(つつ)ましやかさは、予期せぬ誤解と、やはりと云う意味合いでは、予想通りの嫉妬とを招き寄せて終う結果に。真意とは裏腹に、他人(ひと)の内実を伴わぬ空々しい俗語と遠慮深さとを、妙な具合いに刺激し、歪曲させ、果ては悪意を増幅させて終う事が多分に有るのだ。墓穴を掘るに等しき行いに他ならない。

そうした、人心の果敢無さと脆弱さとを改めて認識し、同時に、斯うした人寰の浅ましき事象とは一体、どう云った事柄が起きているのか、と考える、彼女と彼と恋人同士が二人、確かに此処に、聢と在る。

そして、斯うした自明で有る浮き世での危うき事柄を、再認識せざるを得無い状況下に在るにも拘らず、彼女はやはり、出来得る限りに〝善く生きる〟と云う態度こそが、人生を啓くのだと確信へ至り、更に、高みを目指そうと、新たに堅く志す。

聡明たる女性の言――。

だからこそ、是を微塵も気に掛けず、其の努力も又、皆無。そうした心意気さえをも窺う事能わぬ、現今の世を生き存える人間共よッ、恥と知れッ。

識ら無い事柄を新しく覚えようと勉めるは、嘸かし骨が折れるでしょう。けれど、だからと言って、〝考え〟なくとも良いの？　〝無知の知〟こそが始まりなのだと、知らぬ儘の生涯で、本当に良いの？　人が生きて在る其の短い時の中での僥倖と邂逅との狭間で起こる閃きを味わう、其れこそが、其処こそが、生きて逝くと云う事。仮令是ら全てが、あらゆる煩悶へと繋がる要因なのだとしても。未来永劫、人類に科せられた決して遁れられぬ罰なのだとしても。

そうなのだからと言って、私は、斯うした私見の一つに過ぎない持論を断言的に押し付けて終う程の愚者では無い。だって其れは、他人（ひと）を一方的に否定し、又、其の相手に対して心が傾けられていない証左で有り、そして何よりも、自身が最も忌み嫌う威丈高（いたけだか）な人間へと軀（み）を堕（お）とす結果と成るのだから。

だって、そうでしょう。他人（ひと）其々に、私考で有れ、偏見で有れ、持論を述べる自由は堅く守られる可きなのだから。なぜならば、其の様に、ヒトは社会を創ったので有るから。

けれど、『言論の自由』と云う法で護られた呪文により唱えられしものは、現行法で保障された言語に依って騙（かた）られしもの。其の悉くが、なんと悍（おぞ）ましく、軽薄で、空虚な内容物で有ったか。

例えば、此処最近、目にする機会の増えた、映画のあれ。そう、〝超〟或いは〝特殊〟の頭付き『能力』への憧憬と羨望。そして其れへ加え、あの殺伐たる未来都市空間の有り様。乱立する鉄の尖塔と高層建築との間隙を縫うかの如く宙を飛び交うタイヤの無い飛行自動車の群れ。だが然し、真に恐る可きは、現世に生存し乍らに、空想だけでは飽き足ら無い、と云う其処こそ。そう、人間をして人間たらしめるモノ。

尽きぬ、欲念。

多くの現代人達は、ああした映画の中の御伽噺（おはなし）を必ずや実現させてみせようと躍起に成って終うのだ。

どうして⁉

喉から手が出る程迄の渇望振り。

本気なの⁉

——正気の沙汰で有るならば、さても美事な酔興振り也。

なんて、嘆かわしい……。其処に、熟慮なり、思慮深さなりは、一切、滅び去って——。

どうして他人(ひと)は、もっと自身の物心(ぶっしん)両面に向き合おうとし無いの？　せめて、其の努力を怠らぬよう励む日々を送って欲しい……。是は、私の自分本位の考え、だったかしら——。

だけれども……仮令、そうで有ったのだとしても、人類は既にして、人間(じんかん)は現に文字を綴り、言語を唱え続けて来たと云う是らは紛れも無い、そうッ、謂わばッ〝絶対能力〟。是を躯に付け、会得し、そして享受し、五千有余の烏兎。

それなのに、斯うした驚く可き真実に気付きもし無いで——。いいえ、寧ろ……何時しか失念して終っていたのね……フフフ。

——自嘲か。将又、嗤笑か、失笑か。是は空虚が為様(しざま)か。

現在の人々は一体全体、自分達で創り上げ、築き上げた社会へ、未だ、何を求め続けているの？　現今の世界が、此処こそが、貴方達の望んだ理想郷の筈、でしょ？　それなのに、どうして？　どのような理由で、縋り付き、さ迷い続け、血迷っているのだろう。狼狽(うろた)え、闇雲に喚き散らしているだけなのだ、と云う自覚も無い儘に、此の大自然を只、貪り、喰い散らし乍ら、自らの手で頸を絞め上げ続けている許り。

曲り形(なり)にも、其れ相応に皆、絵本なり童話なり、そうした文学作品を読んで来たでしょうに

……けれど現代人達は一体、数多の書物から何を見出そうと言うの⁉ 希望？ 或いは救済？

若しや、指導、だったかしら⁉

噫乎――。現在(いま)と古との〝読む〟と云う行いは、最早、似て非成るものだったのね。

本は、何も与えやし無いし、誰も、何も、援(たす)け無い、啓いても呉れはし無いの。唯一つのみ、齎(もたら)すもの、其れは。

能動的に、『本人の言葉でのみに依って、自分独りのみで、考え続ける』事の、苦しみと尊さと。

ヒトは、書物を読み続けると云う行動により、自分が是迄に見聞して来た狭き世界では会得出来ずにいた、謹厳たる精神を心に宿す事が叶う。斯うした能力を軀(み)に纏う事が可能と成る。そして其処から、人生に対しての、畏れ、敬い、思考する、と云った求心的事柄を初めて学び取れるのよッ。

それから、ほら、他人(ひと)がよく、『自分の身体(からだ)』って言うけれど――。

一度(ひとたび)、眠気ざしたらば、どれだけ頓に起きて居ようと気張ろうとも、強く意識を保ち、睡るまいと息巻いてみた所で、何れは、識らぬ間に宇宙(そら)へと帰郷(かえ)って行く。そして、次に意識が認むるは。

「噫乎……、熟眠(ねむ)って居たんだな」

と、ぼそぼそ零しつつ、醒めるのみ。

是って……本当に、字義する処の〝己の軀〟なのかしら――。それに、そう、あの『自分の意見』と云う、皆が言う斯うした語句も又、然り。

果して……何処からが現実なのだか――。そして、何処からが自分なのか――。截然たる分岐点が在るのかしら？　区別、出来るの？　此処からだ、と言い切れるものなの？

そうか……そうなのね。憶い返してみたならば、私は、こんな事を、あの日来……そう、世界を隔てて終った日から、本を読んではこんな事を頭に浮かべ、或いは、日がな一日、大空を、雲を、眇視し乍らに考え耽って過ごしていたっけ――。母から、背を向けてたのかなぁ……独りの時間、と言い聞かせて、現実から目を背けてたのかなぁ。

でも――。

今、ようやっと其れへ気付く事が出来た。父が、草葉の陰から教えて呉れたのかしら。

噫乎――言って終えば、〝贈り物〟ね。

進物、其れは、送り主が相手に対し、其の刻、其の瞬間に湧き起こった「贈りたい」と云う真心のおとずれ。其の、真剣で純真たる恩愛を宿す。

慈君は、お父さんの、父親としての意志を受け継ぎし、優しい慧眼の持ち主。そうそう。そんな彼に、本を贈ったなぁぁ。

あぁ～、そう云う事ぉ。〝夢を見る〟とは、宇宙の大いなる御心による〝賜り物〟なのかも知れ無いわね。

だけど、うふふ……憶い出す度、笑っちゃう。へへぇ。だってぇ、そうでしょっ？　どう見ても陰気で、しかも、狷介男女（おとこおんな）と噂に上れば、もう普通は救いようが無いじゃない？

なのに慈君。『のどかぁ』だなんて、愛称で呼んで呉れる——。

あの、会議の日。初めて彼を見掛けたあの瞬間（とき）から、どうしようも無く気になった。此の胸の高鳴り。以来、頭の片隅から片時も離れ無かった彼の、炯眼（けいがん）備えし面差し。彼の、異志を秘めたる瞳（ひとみ）。そう、添上慈愛と云う名の男の子。

あれからぁ、もう、ずぅっとよぉう。貴方を想い、考える日々へと変わっていったのはぁ。

〝気付いたら〟なのだけれど。

「えへへへ、うふふふ……。あらッ、私ったら、憶い出し笑いなんか」

と、舌をチロリ。はしたないかしらん、なぞと戯けて見せた。すると、

「ニャハハハ……、麗（のどか）らしくて好いじゃん」

と、快闊で明朗な笑い声が響き亙（わた）り、彼女の心は一層晴れやかに成って行く。

＊

麗（うらら）は此の様にして、慈愛との出会いを迎える迄、幼き頃の境遇と其の記憶と、是らに対して

の心状と、本さえ有ればと云う信条からで有ろう私見のみでの、不必要と感じられる会話と外出は、一切せずに過ごして来た。そして、是からも、此の様な活しを続けて行くに違いないのだとも思っていた。

だが、どうだ。

添上慈愛と云う名の人物に御茶の誘いを受けた時の、運命的と呼べる躍動を全身で感じたあの瞬間。何の躊躇いも無く、自身でも驚く程の抵抗の無さ、そして、一粲の元、綻ぶ唇から紡がれし言の葉、『はい』の二文字。

何とも色好き応えと、清澄成る声音哉。


「あぁ～、そうなんだよなァ～、あの笑顔ッ。俺の前でしかッ見せないんだよねェエ～ニヒヒヒ……。会社の連中は、誰一人として知ら無いッ！　ナハハハッ。蛾眉をほんの僅かに崩し、あのッ、切れ長の眼を細めた儘、こっちへ向けるあの顔立ちを。あの、きりりとした口元を幽かに緩めた、嫣然としたあの面立ちを」

と、形容するに堪え難き何とも間抜けな、だらしのない面を、是っぽっちでさえ憚らず、だらりとぶら下げた儘で――。


慈君と知り合ってからと云うもの、全てがきらきら輝き、ときめきで胸が破裂しそうな毎日に瞠目する許り。今日迄、数多の本を読んで来たにも拘らず、それなのに、是ら悉くが無に帰する程の昂揚感は何？

噫乎――是が、是こそが、まさしく、人を愛すると云う事。

現在に至る迄の人生程が、まるで廻り道の様。そう、是はきっと、生方麗が添上慈愛と云う男性と出会う為には必要不可欠だった、不可避成る、漫ろ歩き。そう云う、事柄。

彼と居るだけで、見詰め直せる。彼と話をしたならば、忽ちに内省する事が出来る。

そうね、譬えるので有れば、其れは、夢の中に在って夢見るかの様な、深層心理を自身の意識が覗き籠む、そんな感覚。

あぁ〜、そう、そうだわぁ〜、魂の微睡み、ね。

えへへ。貴方は私を、「のどか」って呼ぶけれど、本当はぁ、「うらら」なのよぉう。なのにい、「何だか、春の陽気で仄々として終っている様な雰囲気の話し振りだよねェ〜」だなんて言っちゃってぇ。至って真面目な顔をし乍ら――。で、

「ねェ、のどかさん」

って。何だか、ふわふわした感じの……でも、何だか居心地の好い……何とも言い知れ無い、安らぎの訪れ。

うふふ……可笑しかったなぁ〜、そう呼ばれた最初の時、不思議にも、「ああ、私の事を見て呼んでるんだなぁ」って、すんなりと享け留められた。もう、あの瞬間、既にして慈君を惚

きに成ってたのねぇぇ……くすっ。

けれど……そんな彼に対して、未だあの遠い記憶の中に在って猶、鮮明にして遺るあの朝の出来事を話せていない。そう、父の腕時計を誤って落とし、壊した事を。結局、謝っていないと云う過去を。そして、お父さんに赦して貰えて、其の腕の中で嬉しそうに笑う稚(いと)けない私の姿が在る何とも都合の好い夢を、時々見る事も。是を、彼は知らない。

そうなのよ……私は、あれから廿年余り経った今でも、あの日の朝で刻が止まった儘の父を、幻影に見るの――。

「ねェ、〝思〟って云う字ね。古くは、〝囟(ひよめき)〟と〝心〟との組み合わせだったの。でェ、元来は、『ものごとを考える』と云う意味を表す漢字だったたって、識ってた?」だなんて――偉そうな言……。

言える義理でも無いのに。でも――。

慈君は、ちゃんと、聞いて居て呉れる。

なのにッ!

私ときたら――未だ、大事な事柄を、大切な男性(ひと)へ、きちんと告白出来て居無いのだから……。

あぁ……そう云事、そうね。私は……母からの赦しの一言を欲している。そう、なのね――だから。何処と無く父親の後ろ影醸す彼へ、あの時……慈君と語らって過ごした喫茶店での一(ひと)

時（とき）の事。

ねぇ、夢って、何だろうね？　何処から来るのかしら？　どうして見えるのかしら……。

だなんて、思わず知らずに飛び出した問い掛け。

あれは一体、誰に向けられていたの？　彼へだった？　本当に？　若しかしたら、私自身へだったかしらん。

あっ、是って、此の躍動する肺腑の鼓動はッ、そうッ！　次に会った時、今度こそはッ、慈君にきちんと話をしようとしている決意の表れッ！


あぁッ、そうだな、きっとそうに違い無いッ。麗（のどか）の、何時もの科白の通りだよ。

人毎の人生に、意味も無ければ、使命だって帯びてもいやし無い。只、生まれ、死する其の時迄を生きるのみ。人は、個々人は、其々そうとしか生きて行けないのだから。

あぁッ、そうだよッ、そうだともッ。麗（のどか）ッ、君の言う通りだよ。

人、其々の価値なんてもの、誰にも言及や評価なんて出来やし無いッ。抑（そもそも）、そんなものが果して実在するものかどうかさえ――。やっぱりッ、ヒトは、此の世に生まれ落ちた以上、死ぬ其の日が来る迄の間、生命として輝き放つ転瞬の間、善く生きるのみ。唯一（ただ）、是だけの事。

現代人の言う、人の暗黒面、或いは心の闇。斯うした語句は一体、何を言わんとしているのだろう。恐らくは、言葉の綾なのだろう。然しッ、現今に住まう人間は、時に是らの事象が実存するのだと信じて疑わず、在るものと思い籠み、本気で、生真面目に討論するあの姿、あの言動は、何をして、どうした事に成っているのだろう。

麗の話を聞いていると、斯うした事へ目くじらを立てて現を抜かしている人々の其の心境が解らなく成って行く。恐怖を感じる。いやッ、嫌悪を憶え抱くんだ。裏だの表だのと……況して、闇と光、と云った文字のみで片付くのか？　本当に？　説明出来るとでも言う気なのか？　本気なのか？

どれも是も、結局の所、人生の意義、男や女として産まれた訳、意味、斯うした謂わば〝理由〟が必ず有りきに委ねられているからさ。俺に言わせるならば、どっちも世人一人の人生で有り、世人一人に在る一つの人格と性格に過ぎず、是以外の何モノでもなく、加え、其れ以上でも其れ以下でも無く、そうとして其の様に存在するしか出来無いと云う一つの事柄。

あの日、作り病で欠勤を告げたあの川縁で、翠く萌える大地へ寝転がり、青く澄み亙る大空を眇視したあの時、俺は、見えて終ったんだな。違和感と共に現れた無性な迄の侘しさ。其の根元、其れは……。偽り言と戯れ事から成る社会の絡繰り、と云う真実を意図せずして看破して終った。其れが余りに唐突過ぎたばっかりに、打ち拉がれて終ったんだッ、俺の心はァッ。

だからかァ……、あんな奇天烈此の上無い夢を、見たんだろうなァァ……。

こんな瑣末事を胸宇に抱き乍らも、慈愛は此の時、遂に自覚した。自分には、空語で覆い隠された世界に、其の真実を、其の本当の姿を、見破る事の出来る矑（め）を享有して終って居る事に気付いて終った事実を。

斯うした自我を受け容れ難かったのだ。普通から逸脱して行く様で、どうしても認める事への抵抗感を禁じ得なかったのだ。一般、世間並み、と云う枠から既に食（は）み出して終って居るのでは？　と云った懐疑と脅威。又、そうした心境に立たされ乍らも最早、除外されているのだ、と確信している自身へ恐竦（きょうしょう）する己が在り、そして、諦めの随逐（ずいちく）。

けれども是らの想いと同時に、其れで良いのか？　此の儘で本当に——。仮令、孤独と称されようとも、と云う感懐との葛藤。そして、沸々と湧き上がる此の躍動感を止める事等どうして出来ようか。

斯うした、正に心の相剋と呼べる問答を、肺腑にて盛んに交わす中で、どうした事か、何の前触れも無く、勢い、不治の床へ臥して在る者が余命幾許（いくばく）も無いのを悟り、居ても立っても居られぬ遣る瀬無さに酷似した感情に魘れ、言い知れぬ、どうにも逸（はや）る想いの荒ぶる波が見る見る押し寄せた。

死との直面を、未経験な弱輩者だと云うに、此の名状し難い焦燥感は一体全体、何だと言うのだろう。

ヒトの記憶とは、魂の本能。そして是全て、故郷の面影。即ち、宇宙の意志也。

個々人の見る其の幻影は、全天へ鏤められた星々の一つ一つが放つ青白き光の玉。噫乎、其れは、大海原に流れ漂い在る夥しき海蛍宛ら、自在に宙を舞う。

そう、全ての事象は、宇宙の創始へ集う。一塊に成る。星々が。過去と現在と未来とが。生命の源、数多の魂達が。


何だろう……此の、ふわっとした感覚——。あの日へ立ち返った様だ。堤沿いを、小父さんと小母さんの店へ向けて歩を進めたあの日へ——。

そう……譬えるなら、三つに区分けされた時空、全てが一つに、一所に、此処に、現れ出る。そんな、時間の刻み、と云った空間。

是は……是がッ、麗が何時か言っていた、魂の帰郷……なのだろうか——。

麗は独りの、何時もと何ら変わらぬ自身が部屋の一隅にて、読み掛けの本一冊、畳へ行儀悪く横たわる中、不意に開いた瞼の向こう、傍らの是を矑が認む。

夢と幻と現と。全てが今、一つに。宇宙と云う創造主の下へ、集束、そして、収束する。

漸く是で、私の魂は、一歩、踏み出せるのね。慈君と云う人格に出会えた事により、私は肉体と云う束縛から解き放たれ、宇宙へと飛昇する。

あぁ〜、そういえば……何時だったかぁ、彼、言ってたなぁ〜。

「俺が子供の時分、此の辺りの電線へ、八月末頃に成ると、朝、決まって、物凄い数の燕が、所狭しとずらり並ぶんだ。其れを見て、ああ今年も無事、南へ帰る準備が整ったんだ、って。そして、夏休みの残りももう数える程に成り、遣り残しの宿題の事を憶い出して、苦々しい感触に鬱々したものさァ」

だなんて。ふふふ。でも、其の後ずっと遠くを見るでもするかの様に。

「だけど……何時頃からだったかァァ、そうした情景を見掛けなく成って……いや、そうじゃないッ。何時から、俺はッ、空を振り仰がなく成って終っていたんだろう――」

って、何だかぁとっても、寂しそうで……独り言みたくに――。

蘇る慈愛の哀愁醸す横顔と、堤(どて)の夕映えとが突爾、面影に立つ。


朱(あか)い夕空。夥しい数の鴉の群れ。其れは、数多の生命の灯(ともしび)たる紙飛行機の舞うが如く。

黒き大群は、其々が互いに、一日の出来事を交換し合い乍ら、古巣へ帰って行く。

其の表情からは、人類のみ抱く世塵なぞ微塵も感じさせやし無い。

人間だけが、自ずから日常を時間で縛り、時を指す針の通りに游ぎ漂う。自分らで作り上げた規則(きまり)に因って、雁字搦めと成っている。

世人は皆一様にして、そこはかと無く、哀しい顔をして居る。

漫ろ歩く若き男と女。なれども、何処か、互いに魅せられ、惹かれ合うかの様な。

各々が別々の人生(みち)を歩いて在った。

其れが、今、重なる、交わる。

互いがふと上げた面(おもて)。

双眸へ映すは、銘々が、心の縁(よすが)の伴侶(ひと)。

「麗(のどか)ァ？」

「慈くぅ～ん？」

気付けば倶に、なぜ？　と目顔で向き合い、同じ疑問を投げ合って居た。

静寂の中で暫し見詰め合う、若き男女。

けれど、転瞬後、二人の心事は随意が如く解き放たれる。

「なんだか、此処へ、誘われてさっ」

「私もぉ、どうしてだが足が向いて……漫ろ歩きをし乍らぁ、考えに耽ってたら……」

寸分違(たが)わず重なる二つの声が織り成すは、

「のどかへ、辿り着けて、良かったッ」

「慈君へ、辿り着けて、良かったッ」

美しき和音。

ふと、倶に、破顔。

安堵と幸福とに優しく裹み籠まれた其の互いの面立ちを、澹かに見詰め合う。

此処は、紛れも無い、あの日、あの刻、初めてのデートでの、『夢を見るとは』の語らいの場所。そう、あの憶い出の地、喫茶の店先。

——現とは、夢の心地で在った乎。

篤実と清廉と、仲睦まじく手に手を取って頬笑み合い乍ら店の扉を開き行く。恋人同士、寄り添い、憺らかな、ほんの夢の間を、語らい過ごすのだろう。

或いは、言葉とは、意味を成さぬものやも知れぬ。

最早、是以上の要らぬ穿鑿と饒舌と文字に表すは、野暮のする事ぞ、と、二羽の鶺鴒が競い合うかの様に地べたを忙しなく驅けて行く。

*

『人が夢を見る』とは一体、如何なる事象が起きたと言うのだろう。

人は、なぜ、夢を見るのだろうか。又、どうして見る事が出来るのか。

其の時、人毎が一様にして、堅牢に瞼は鎖され、眼は外界との接触を阻まれて終うと云うのに。其れにも拘らず——。

現今の人々は何の疑念を抱く事もせず、「昨夜、夢を見たよ」なぞと漠とした感覚を、何の躊躇いも無い儘で口にする。だが然し、考えてもみよ。目を閉じ、しかも無意識下に在ると云うに、どうしてあれ程迄の鮮明さ。此の驚愕す可き事実。考えれば考える程に解らなく成って行く――。

　何たるや、此の不可思議さ。

　是はまるで、うら若き乙女と逞しき青年とが、生方麗と添上慈愛とが、どうした廻り合わせからなのか、どのような塩梅に依って出逢ったのかを、誰一人として、どうにも説明出来無い事と同じ様ではないか。

　どんなに頭を捻り、智恵を搾り出そうとしても、脳天をぽかすかと小突き、正気を保とうとしてみた所で、何一つ進展しやし無いだろう。

　だからこそ是を、人間は〝運命〟と称し、文字と云う言霊へ封じ籠めたのではなかったか。

　そして其処で、追究・探究と云った〝考え続ける〟事を已(や)めて終い、永い歳月を経て、現代人は恰も〝運命(さだめ)〟成る物事が実在するのだと、何時しか思い籠んで終い、そうする事にしたのではなかったか。

　麗は言う。

「偏に、是が、文字の力、言葉の危うさなのよ」

慈愛は、取り留めの無い疑問を投げ掛ける。

「けれど、現に、説明が付か無い、答える事の出来無い事柄なんか、此の世には其処ら中に、星の数程も在るじゃないか」

彼女は応える。

「其の通りよ、慈君。他人（ひと）皆誰しも、本当は何も、知ら無いのよ」

そして、

「其れを認めるのが、怖いの」

とも。

彼は、訊（と）う。

「だけれど、ヒトは悉く、解った風な事許り口にし乍ら、毎日を平然と過ごして居るじゃないか。それに……若しかしたら……誰かだけは、事象全てを、此の世界の理を、識って居るのかも知れ無い……。其れが、麗（のどか）なのかも知れ無い――」

乙女は頬笑み浮かべ、応じる。

「うふふ……そうねぇ、そうなのかもねぇ。若しかしたらぁ、其れは、慈君かもぉ……。でもきっと、一人も居無いんじゃないかなぁ」

好青年は、拍子抜けしたかの様に口を尖らせ、応じ返す。

「又ッ、そう遣って、麗（のどか）はッ、人を揶揄（からか）ってェエ、全くもォう。ウゥウ、チェッ、そう云うもんですかねェエ」

ごめん、ごめん、と、清廉の女性。

「でも、私達二人の様に、自分は何一つとして識ら無い、説明出来無い、と云う事だけでも、〝知る者〟達なのだと云う事柄に気付いて居る人達も又、此処では無い何処かに、必ず居るのは解るわ」

斯う言い終え、一粲して見せた。其れへ、

「そうだな。そうだよ。麗がそう言うので有るなら、そうに違いないッ」

と、篤実の男性は胸を張って見せ、澹かに、力強く首肯いた。

＊

人類は一体、何処へ往こうと言うのか。なぜ、絶えず進行して在るのだと思い籠み続けるのだろう。ヒトは、其の実、此の場にて、其の刹那の刻を永久に繰り返して在るだけなのだとしたら、とは、なぜ考えようとし無いのか。よもや、想いも寄らぬ問い掛けで有ったとでも、ぼやく気で有ったか。

人の私見は千差万別。是、至極当然也。又、有って然り。加え、其の限り等、有ろう筈も無い。しかのみならず、考え続けると云う行為其のものに、終りは無い筈。

そうで有るのに、なぜ、現今の世界で住まう人々は、何事に於いても頭ごなしに、『正解は、唯一無二』で有ると、憚る事無く境界を設け、勝ち誇った者共が鳩首し、挙げ句、権威の下、醜然として其処から始めて終うのだろう。

有りと有らゆる事象には、其れと等しく種々(くさぐさ)の解釈が存在すると云うに。

思考(ゆめ)の世界は、永遠が恒久的に無限の広がりを何時でも観せて呉れると云うに。

如何なる時で有ろうとも、そうして、其処へ、在ると云うに。

『夢』とは、壮大で茫漠たる宇宙の大いなる意志が、ヒトの言う起源(はじまり)と紀元(いとぐち)とやらを、ふと振り返った追想か。或いは、転瞬の気紛(きまぐ)れか。

はて――何処迄が空事(ゆめ)とやらで、さて――何処からが思惟(うつつ)とやらで、在ったろう哉(や)。

著者プロフィール

上宿 歩（かみじく あゆむ）

1971年9月22日生、人類猫科、乙女座
愛知県出身
香川県在住
2018年3月、人生初の小説『苟且（かりそめ）』を文芸社より出版
2020年5月、人生初の絵本『あたしのなみだとねこのにじ』を文芸社より出版

夢語 ゆめがたり

2021年12月15日　初版第1刷発行

著　者　上宿 歩
発行者　瓜谷 綱延
発行所　株式会社文芸社
〒160-0022　東京都新宿区新宿1－10－1
電話　03-5369-3060（代表）
03-5369-2299（販売）

印刷所　株式会社フクイン

© KAMIJIKU Ayumu 2021 Printed in Japan
乱丁本・落丁本はお手数ですが小社販売部宛にお送りください。

送料小社負担にてお取り替えいたします。

本書の一部、あるいは全部を無断で複写・複製・転載・放映、データ配信することは、法律で認められた場合を除き、著作権の侵害となります。

ISBN978-4-286-23109-9